Kaede Hitotsuba　Yuya Yoshizumi

両親の借金を肩代わりしてもらう条件は日本一可愛い女子高生と一緒に暮らすことでした。

5

I'm gonna live with you not because my parents left me their debt but because I like you

Contents

I'm gonna live with you not because my parents left me their debt but because I like you

※この作品は『カクヨム』に連載したものを加筆修正しています。

両親の借金を肩代わりしてもらう条件は日本一可愛い女子高生と一緒に暮らすことでした。5

雨音 恵

ファンタジア文庫

3259

口絵・本文イラスト　ｋａｋａｏ

5

Yuya Yoshizumi　Kaede Hitotsuba

I'm gonna live

with you not because my parents left me

their debt

but because I like you

両親の借金を肩代わりしてもらう条件は日本一

可愛い女子高生と一緒に暮らすことでした。

I'm gonna live with you not because my parents left me their debt but because I like you

PROFILE

Yuya Yoshizumi

吉住勇也

両親に借金を残して去られた不憫な男子。高校２年生。その借金を代わりに返済してくれた一葉家の娘、楓といっしょに暮らすことに。恋愛には奥手だが、無自覚に甘いセリフを吐いたりする。

Kaede Hitotsuba

一葉楓

大手電機メーカーの社長令嬢にして、ミスコンでグランプリを獲得した才色兼備の高校２年生。学校ではクールな美少女、家では無邪気な女の子。勇也に以前から想いを寄せていて、恋人同士に。

Yui Miyamoto

宮本結

一葉家の使用人・宮本の一人娘。母親が英国人の血を引いている理由から、金髪碧眼の16歳。楓とは幼い頃から知り合いで姉妹のように仲が良い。

Shinji Higure

日暮伸二

人なつっこい性格の犬系男子。勇也とはサッカー部の相棒で親友。密かな女子人気はあるものの、彼女である秋穂以外には興味のないドライな一面も。

Akiho Otsuki

大槻秋穂

楓のクラスメイト。明るくてチャーミングを体現したような女の子。勇也や楓の周りを引っ掻き回すムードメーカー的な存在。

Ai Nikaido

二階堂哀

勇也の隣の席の女子。中性的な美少女で学校では楓と並ぶ有名人。バスケ部のエースで、イケメンな王子様として女子人気が高い。

第1話 ● ともに歩んでいく為《ため》に

I'm gonna live with you not because my parents left me their debt but because I like you

——高校を卒業したらアメリカの大学に行こうと考えています。

幻想的で色鮮やかなオーロラの下。楓《かえで》さんが発した言葉が離別を意味しているのだと理解した時、俺の頭は真っ白になった。

楓さんはずっとそばにいてくれる。あの人達のように突然いなくならない。そう思っていたのにどうして突然そんなことを言うのか。不安と焦燥が頭の中をグルグルと駆け巡り、自然と動悸《どうき》も激しくなり息苦しさを覚える。

そんな俺の頭を両腕で包み込むと、まるで泣きじゃくる赤子をあやすように慈愛に満ちた胸の中へと誘った。

「夏休みの間、ずっと考えていたんです。この先もずっと勇也《ゆうや》君と一緒に……おじいちゃんとおばあちゃんになっても笑って過ごす為にはどうしたらいいんだろうって」

「………」

耳元で囁《ささや》くように話す楓さんの声音は温かく穏やかなものだった。そしてそれは楓さんの決意が固いものであることを物語っている。俺はただ静かに彼女の言葉を聴く。

「悩んでいる時にお母さんと話したんです。そしたら〝長い目で見て色々なことに挑戦してもいいんじゃないか〟って言われました。そこでふと、【エリタージュ】で出会った千《せん》空寺《くうじ》さんもいずれ継ぐ会社の為、そして〝千空寺〟の後を継ぐ者として箔《はく》をつける為に海外の大学に進学したって話していたことを思い出しました」

楓さんは夏休みの時に自分探しの一環として喫茶店【エリタージュ】で短い間だけどアルバイトをしていた。そこで千空寺さんこと貴音《たかね》姉さん――タカさんの紹介で知り合った、年の離れたお姉ちゃん的な人――が客としてやって来たのは聞いていたけどそんな話をしていたのか。

「私も〝一葉《ひとつば》〟に生まれた以上、その名に恥じない生き方をしないといけないと思っています。なのですでに文化祭の時に千空寺さんと連絡先を交換し、留学について色々話を聞いているんです。もちろん良い話ばかりではなく大変なことや辛《つら》いことも教えてもらいました」

言語は言うに及ばず、生活スタイルや食事など各種文化が日本と海外では大きく異なる。

現地での生活費も馬鹿にならない。ただこの辺は一葉家なら問題ないし、楓さんのご両親のことだから彼女の意思を尊重して全力で背中を押すだろう。

「私としてはお父さんとお母さんにあまり迷惑はかけたくないので、向こうでの生活費はある程度は自分で稼ごうと思っています」

海外のアルバイト事情はまったくわからないけど日本のように簡単に雇ってもらえるものなのだろうか。だが俺が心配するようなことは楓さんが考えていないはずもなく、

「安心してください、勇也君。その辺のことは千空寺さんに相談して、〝もし本当に海外留学することになったらアルバイトとして雇ってあげる〟と言ってくれましたから」

なるほど、そういうことなら心強い。なんだったら貴音姉さんが住んでいるアパートなりマンションなりで一緒に暮らすのはどうだろうか。日本と比べたら治安の面でどうしても不安はあるが貴音姉さんがいれば安心だ。

「……勇也君。黙ってないで何か言ってください」

一転して不安交じりの声で楓さんが囁いた。ふと顔を上げるとオーロラの輝きの下で楓さんの瞳がうっすらと潤んでいるのが見えた。

なんて情けない話なんだろう。俺は自分のことばかり考えて一番大事な楓さんの気持ちを考えていなかった。楓さんが悩んでいたのは知っていたはずなのに、どんな思いでこの

決断に至ったのか考えもせずに落ち込むなんてな。

「ごめん、楓さん。突然アメリカ行くって言うからびっくりしちゃって……」

「そうですよね……驚かせてしまってごめんなさい。でも今のままじゃダメだと思ったんです。それにこのまま勇也君と一緒に暮らしていたら甘えてばかりになっちゃいそうで怖くて……」

いわば武者修行です！　と言って拳を作る楓さんの表情はすでに決意している人のそれだった。

「……そっか。それが俺達二人の将来のことを色々考えたうえでの楓さんなりに出した答えなんだよね？　そういうことなら全力で応援するよ」

同時に俺も頑張らないといけないよな、とも思う。このまま楓さんと一緒にいたら甘えてばかりで独り立ちなんて夢のまた夢。一葉電機を背負《しょ》って立つに相応《ふさわ》しくならないといけないし、肩代わりしてもらった借金の返済もしないといけない。

楓さんのことだから〝借金のことは気にしないでいいです〟と言うかもしれないがそこはきっちりけじめをつけないといけない。

「勇也君……」

「もちろん楓さんと離れ離れになるのは寂しいけどね？　でも会いに行こうと思えば会い

に行けるし、長い人生のほんの数年間と思えば我慢出来る」

　話しながら楓さんのことを優しく抱きしめる。前もって相談してくれればよかったのにと思わなくもないが、仮に相談されていたら俺はなんて言っていただろう。

「ありがとうございます、勇也君。ただあくまで現時点での考えなので変わるかもしれません。まだ時間はあるのでゆっくり考えて行こうと思っています」

　千空寺さんにも慌てて決めることないと言われました、と楓さんは苦笑いを零《こぼ》しながら言った。

「貴音姉さんの言う通りだね。時間の許す限り考えたらいいと思う。後悔しない答えを探そうね」

「はい！　これからたくさん調べて慎重に考えて行こうと思っています。私達二人の将来がかかった大事な選択ですから」

　俺は楓さんと一緒にいられたらそれでいい。そんな言葉が口から出そうになるのをなんとか飲み込んで空を見上げる。燦然《さんぜん》と夜空に輝いていたオーロラは徐々にその輝きを失い、辺り一面が静寂な闇に包まれて何も見えなくなる。

　頼りになる人も支えてくれる人もいない、まるで絶望に支配された純黒の世界。俺の心の中で家に帰ったら父さんと母さんに置いて行かれてひとりぼっちになったあの日の記憶が蘇《よみがえ》る。俺はまた一人になるのか？

「あ、あの……勇也君。そろそろ離してくれると助かるんですけど……」

「……え？」

「勇也君にぎゅってされるのは嬉《うれ》しいですし幸せな気持ちになるんですけどね？　でもこれ以上はさすがの私もちょっと恥ずかしいです」

そう言いながら楓さんはより一層強く俺の胸に顔を埋《うず》めて来る。言っていることとやっていることが真逆じゃないだろうか。たわわな果実をむにゅと押し付けてくるのは恥ずかしくないのか？　まぁ俺としても今は楓さんの温《ぬく》もりを感じていたくて離したくないからちょうどいいんだけど。

「もう、本当にどうしたんですか勇也君？　もしかして上映が終わったことに気付いていないんですか？」

羞恥と呆《あき》れがごちゃ混ぜになった声で楓さんに言われてようやく俺は場内が明るくなっていること、そしてぞろぞろと退場していくお客さん達から微笑《ほほえ》ましい視線を向けられていることに気が付いた。

「うぅ……いつも私が衆人環視の中で勇也君に抱き着いたりイチャイチャしようとしたら恥ずかしがるのに……勇也君は天邪鬼《あまのじゃく》さんですか？　それとも私が恥ずかしがる姿を見て

楽しむ鬼畜さんですか⁉」

「あぁ……ごめん、楓さん。別にそんなつもりは……」

俺の弁明には耳を貸さず、顔を真っ赤にしてポカポカと胸を叩《たた》いてくる楓さん。その姿は怒っているというよりも猫が飼い主にじゃれている感じに近くて可愛《かわい》らしく、頬が自然と緩んでしまう。

「何を笑っているんですか勇也君！　こう見えて私は怒っているんですよ⁉　少しは反省してください！」

「ハハハ。ごめんね、楓さん。反省は後でいくらでもするからそろそろ出ようか？　係の人も困っているみたいだし」

俺の言葉にへぇ？　と楓さんは惚《ぼ》けた声を上げるが、視線の先で係の人が苦笑いをしていることに気が付くと顔を真っ赤にして慌てふためきながら俺から飛び退《の》いた。

「ゆ、勇也君。そろそろ行きましょうか……」

俯《うつむ》いて楓さんは俺の袖をちょこんと摑《つか》みながら恥ずかしそうに呟《つぶや》いた。彼女の頭をポンポンと撫《な》でてから荷物を持って係の人に頭を下げてからプラネタリウムを後にした。

「末永くお幸せに――――！」

なんて声をかけられて楓さんはますます顔を赤くしてしまった。俺は一秒でも早くこの場から立ち去るべく楓さんの手を引いてダッシュするのだった。

外に出るとすっかり日は沈んでいた。まだ夕方だというのに肌寒さを感じて、秋の真紅から純白の冬へとゆるやかに季節が移行し始めていることを実感する。

「ねぇ、勇也君。文化祭が終わったら次は何が来ると思いますか？」

帰宅後、夕飯を食べ終えてソファーでくつろいでいると、突然楓さんが後ろから抱き着いてきて、耳元で甘い吐息とともに囁くように尋ねてきた。

ちなみに楓さんは帰宅するなり着替えており、今はキャミソールにロングパンツ、上からロングカーディガンを羽織った非常にラフな格好をしている。

肌の露出こそ控えめだがキャミソール一枚で生地も薄く、抱きしめられた時の感触や体温がより生感覚に近くなっているので心臓の鼓動が急加速して頰が熱を帯びてしまう。俺はそれを悟られないように――無駄な悪あがきなのはわかっているが――一つ咳払《せきばら》いをしてから努めて冷静に言葉を返した。

「えっと……期末試験？」

「どうして現実的な答えを言うんですか！　違いますよ！　修学旅行ですよ！　修学旅

行！」

俺の答えが気に食わなかったのかドンドンと地団駄を踏む楓さん。梨香《りか》ちゃんや結《ゆい》ちゃんが怒った時によくやるリアクションを楓さんがやるとなんだか新鮮だな。

「修学旅行と言えば高校生活における最大級のイベントです！　期末テストよりよっぽど重要な催しです！」

期末テストも大事だからね？　将来について考えようって話をしたばかりなのに明後日《あさって》方向に投げないでほしい。とはいっても楓さんの言っていることは尤《もっと》もだ。修学旅行は高校生活における思い出作りの一大イベントだ。それこそ体育祭や文化祭の比ではない。

「確か三泊四日で京都旅行だったよね？　どこを回るかは自分達で決められる二日目の自由行動が一番楽しいってサッカー部の先輩が言っていたな」

「そうなんですよ！　京都は小さい頃に行ったことがありますが、記憶はおぼろげなのですごく楽しみです！　やっぱり定番の清水寺は外せませんよね！　伏見稲荷大社《ふしみいなりたいしゃ》とか、二条城、金閣・銀閣寺なんかも行ってみたいです！　そして夜にこっそりホテルを抜け出して月明かりに照らされた紅葉を勇也君と眺めながらあの時のようにギュッとしてキス……ハァ……想像しただけで火照《ほて》ってきちゃいます！」

クライマックスジャンプしかねないほどテンションが最高潮になっている楓さん。きっと彼女の頭の中ではめくるめくロマンスが繰り広げられているのだろう。心なしか鼻息が荒くなっている。

「よし、少し落ち着こうか。修学旅行は俺も凄《すご》く楽しみだし楓さんと紅葉も一緒に観《み》たいけどさすがに去年の課外合宿みたいなことはできないからね？」

身体《からだ》をもじもじくねくねさせているのは可愛いが現実に戻ってきてほしい。

楓さんの言う〝あの時〟というのはおよそ一年前。課外合宿の最終日の夜に行われた星空観察で俺が初めて楓さんに〝好き〟という気持ちを伝えて抱きしめてキスをした時のことだ。

「どうしてですか⁉ あの時みたいに抱きしめながら〝吉住勇也《よしずみゆうや》は一葉楓を愛しています。世界中の誰よりも〟と言ってキスしてくださいよ！」

「一字一句言わなくていいからね⁉ というか冷静に考えたら告白にしては台詞《せりふ》が恥ずかしすぎる！」

確かに楓さんのことは世界中の誰よりも愛しているし生まれ変わったとしてもまた必ず好きになるくらい想《おも》っている。確信があると言ってもいい。だけどこれでは告白というより最早《もはや》プロポーズだ。

「今更ですよ、勇也君。一緒に暮らし始めてもうすぐ一年。星空の下での告白の後、温泉旅館で私のお父さんとお母さんになんて言ったか覚えていますか？」

「それは……もちろん覚えていますとも」

——支えてもらいっぱなしじゃなくて、俺も楓さんを支えていきたい——

——自分の足でちゃんと立って、自分の力で楓さんのこと幸せにしてみせます——

娘のことをどう思っているのか。そう楓さんのお父さんに尋ねられて俺が言った言葉だ。このあと楓さんのお母さんから〝こんなに早く娘をください！　ってセリフを言われると思わなかったわ〟とにやけた顔で言われて、熟したリンゴのように顔を真っ赤にした楓さんから抱き着かれたのは記憶に新しい。

「あの時は本当にびっくりしました。見たことないくらい真剣な顔でまるで結婚の挨拶みたいなことを言い出すんですもん。嬉しかったですけどそれ以上に恥ずかしかったんですからね！」

唇を尖《とが》らせて言いながら楓さんはぽすっと俺の横に腰を下ろした。澄んだ夜空のような黒髪から爽やかなヴァーベナの匂いがほんのりと香る。大好きな匂い。俺は半ば無意識のうちに絹のように滑らかな髪を梳《す》きながら顔を近づけていた。

「ちょ、勇也君⁉　いきなりどうしたんですか？」

「あぁ……いい匂い。すごく落ち着く」

ふわりと鼻に広がる甘く爽やかな柑橘《かんきつ》の芳香に心が安らぐ。この香水は期間限定品で再販売もされていないと言っていたのでいずれ嗅げなくなるのが非常に残念だ。

「うぅ……まさか勇也君は髪フェチだったんですか？　髪じゃなくて直接私のことをクンカクンカしてくれないいんですか？　むしろしてください！」

「いや、さすがにそれは遠慮させていただきます」

「どうしてそこで冷静になるんですか⁉」

楓さんは叫びながらずいっと身体を寄せると俺の肩を摑み、ガクガクと思い切り身体を揺らしてきた。自分の名誉の為《ため》に言っておくが、俺は楓さんの匂いが好きなだけであって別に髪フェチというわけではない。

「とは言え、一日歩き回って汗をかいたのでクンカクンカしてもらうのはお風呂《ふろ》に入ってからですけどね。今夜はどの入浴剤がいいですか？」

「一緒に入る前提で話を進めないでもらえるかな？」

「そろそろ乾燥が気になってくるのでお肌のスベスベを保てる保湿成分入りがいいですね！」

人の話を一切聞かず、鼻歌交じりで話す楓さん。

日本一可愛い女子高生に選ばれたのは決して持って生まれた美貌やスタイルが優れていたからだけではない。

シェイプアップの運動やお風呂上がりのフェイスケアにヘアーメンテ等々。ローマは一日にして成らずという言葉があるように、楓さんは人の見ていないところでこうした努力を積み重ねている。

「勇也君が私のことをギュッてした時にお肌がカサカサだとげんなりされちゃいますからね。そんなことになったら立ち直れません……」

「そもそも服着ているんだから楓さんの肌がカサカサかどうかなんてわからないと思うけど?」

裸で抱き合うわけじゃあるまいし、と心の中でツッコミを入れていると突然楓さんがガバッと距離を詰めてきた。心なしか不満そうに頬を膨らませている。

「もう……勇也君は本当に朴念仁《ぼくねんじん》さんですね。というより、時々思うんですけど私って魅力ないですか?」

「………はい?」

何を言っているのかさっぱりわからない。二階堂《にかいどう》や大槻《おおつき》さん、結ちゃんだって十分魅力的な女の子だけど俺の中では楓さんが不動のナンバーワンだ。それにこうして一緒に暮らすようになってまもなく一年が経《た》つが、この間幾度となく俺の理性くんは絶滅しかけている。本能に身を委ねて狼《おおかみ》になっていないことを誰か褒めてほしい。

「何度も言っているじゃないですか！　私はいつでもウェルカムだって！　狼さんになった勇也君に甘く優しく食べてほしいんです！」

「か、楓さん？」

「一緒にお風呂に入っても、毎日同じベッドでギュッってしながら寝ても、勇也君は鼻息を荒くして襲ってくるどころかおっぱいすら触ろうとしないじゃないですか！　もしかして勇也君は巨乳よりちっぱい派なんですか？」

「スト――――ップ‼　そのくらいにしておこうか⁉」

勝ち目がありません、と自分の胸を触りながら絶望的な表情を浮かべる楓さんに俺は全力でツッコミを入れる。今夜の楓さんはかつてないくらいにアクセルを踏み込んで暴走気味だ。

「それなら正直に答えてください！　勇也君は私、二階堂さん、結ちゃんのおっぱいならどれが一番好きですか⁉」

「どうしてそういう話になる⁉　脈絡どころかなにもかもがおかしすぎるぞ！」

「勇也君がいけないんです！　私が何度アピールしてても勇也君はおさわりすらしてこないじゃないですか？　そろそろこの辺りで勇也君の性癖をしっかり把握しておく必要があると思うんです！」

今後に向けて大事なことです！　と楓さんは鼻息を荒くして主張するが俺はただただ呆《あき》れるばかり。何が悲しくて恋人に自分の性癖を開示しなければいけないんだ。思春期男子には拷問以外の何物でもないぞ。

「さぁ、キリキリと答えてください！　勇也君は誰派ですか⁉　もしかして秋穂《あきほ》ちゃんみたいな爆乳派ですか⁉　まさかと思いますが梨香ちゃんみたいな幼女趣味だったり――」

「わかった！　わかりました！　答えるからいい加減落ち着きなさい！」

どんどん思考がダメな方へ加速する楓さんの頭に俺は容赦なく手刀を落とす。いつものような優しい一撃ではないので楓さんは涙目で不満そうに唇を尖らせて、

「うぅ……痛い。いきなり全力チョップなんて酷《ひど》いですよ、勇也君」

「あることないこと口走る楓さんが悪いんだよ。あと誰派とかそういうアホなことを聞いてくるのもね」

俺は肩をすくめて言いながら頭をポンポンと優しく撫《な》でると、楓さんは唇を尖らしつつ

も嬉《うれ》しそうに頬を染める複雑怪奇な表情で見つめてくる。

まったく、拗《す》ねたり照れたり感情の起伏がジェットコースター並みに忙《せわ》しない。ただそういうところも可愛《かわい》いと思ってしまうあたり俺もどうかしている。

「……勇也君は卑怯《ひきょう》です。そんな優しい顔でナデナデされたら心が蕩《とろ》けて何もかも許してあげたくなっちゃいます」

甘えた声で言いながら俺の胸にコテッと頭を寄せてもたれかかって来る楓さん。嵐は過ぎ去り、一転して台風一過のような穏やかで心地いい空気がリビングに流れる。

「そもそも楓さんは何もわかってない。一緒にお風呂に入るたび、楓さんに抱き枕にされるたびに、悪魔の囁《ささや》きに俺は必死に抗《あらが》っているんだよ？」

「えっと……勇也君、それってつまりどういう意味ですか？」

ポカンと呆《ほう》けた顔で尋ねてくる楓さん。自分から積極的に誘惑してくるくせにどうしてわからないのか。俺の苦悶《くもん》をこの頓珍漢さんにわからせるべく、背中に腕を回してギュッと抱きしめながら俺は楓さんの耳元でそっと囁いた。

「今この瞬間も……楓さんのことを押し倒したいって思っているってことだよ」

「おおお押し倒す‼︎⁇　突然何を言い出すんですか勇也君⁉︎」

「目の前に日本一可愛い彼女がいて、胸元をはだけさせて誘惑してくるんだよ？　しかもいつでもウェルカムですとか優しく食べてほしいですって懇願までして……押し倒すなって言う方が無理な話じゃない？」

「た、確かに勇也君の言う通りではあるんですけど話が横道どころか獣道に逸《そ》れてしまっていませんか⁉」

顔を真っ赤にして俺の中であたふたする楓さん。乱暴に動くので羽織っているカーディガンは脱げそうだしキャミソールもずり落ちそうになっており、肌の露出具合が加速度的に増して俺の理性君は消滅の危機に瀕《ひん》している。だがここで負けるわけにはいかない。

「あぁそれと。俺が誰のおっぱいが好きかについての答えだけど──」

大きく深呼吸して昂《たかぶ》る心臓と暴れ狂う煩悩《ぼんのう》を鎮《しず》めてから、俺は無闇に弄《いじ》れば一瞬で崩れる宝石細工を扱うように楓さんのたわわな果実に優しく触れた。

「あぁ、んっ……」

楓さんの表情に艶が混じり口からわずかに驚きを孕《はら》んだ嬌声《きょうせい》が漏れる。それを聞いた瞬間背筋が震え、電流が奔《はし》ったかのように脳が痺《しび》れて五感全てが研ぎ澄まされていく。

手から伝わる感触は極上のシルクのようにきめ細やかで柔らかく、軽く触れただけなのにどこまでも指が沈みこんでいく。まさに人をダメにする感触だ。

「ゆ、勇也君……ひゃんっ」

堪《たま》らず俺の肩に顎を乗せながら身体《からだ》をくねらせて悶《もだ》える楓さん。甘く蕩けるような熱い吐息に黒髪と首筋から漂う爽やかな香り。薄い服の上からでもわかるくらい楓さんの新雪のような肌は上気して熱を帯びている。

「はぁう、あぁんっ……勇也君の手、気持ちいいです……」

もっとしてください。そう囁きながら楓さんは俺の耳たぶを甘噛《あまが》みしてきた。二度、三度噛《か》まれて俺の身体が思わず震える。その反応を見て嬉しそうに、それでいて艶のある笑みを零《こぼ》してから楓さんはそっと唇を重ねてきた。

それはいつもしているのが児戯と思えるような深くて甘美な蠱惑《こわく》的なキス。静かなリビングに小鳥が水を啄《ついば》むような水音が響き始める。

お餅のように柔らかい唇を味わいつつ俺は胸への愛撫《あいぶ》を止めることは出来ず、楓さんも慈《いつく》しむように舌を絡《から》めながら胸に手を置いて円を描くように刺激して来る。

呼吸はちゃんと出来ているはずなのに息がどんどん荒くなり、下腹部に異様な熱とドロッとした欲望が溜《た》まり出す。

「んんっ、ちゅっ……フフッ。今の勇也君、蕩けてすごく可愛い顔をしています。私のおっぱい、気に入ってくれましたか？」

卑猥《ひわい》な透明な糸を唇から垂らしながら楓さんは妖しく微笑《ほほえ》む。

「それはもちろん……というか俺は初めから楓さんのおっぱいにしか興味ない……って言わせるなよ、馬鹿」

「フフッ、そう言ってもらえて嬉しいです。では私を選んでくれた勇也君には特別なご褒《ほう》美《び》を差し上げますね」

艶美な声音で言いながら楓さんは俺から離れると、ペロリと舌なめずりをしてからキャミソールの裾を摑《つか》んでゆっくりとたくし上げていく。

「楓さん、あなた何をして――――!?」

何度も一緒にお風呂に入っているから見慣れているはずなのに、徐々に露《あら》わになっていく楓さんの引き締まったウエストや綺麗《きれい》なおへそに脳みそが沸騰するくらいの興奮を覚える。

「私を選んでくれたご褒美です。勇也君には特別にちょっと、大分、かなり恥ずかしいですけど……直接触らせてあげます」

衣服という豊潤な果実を守っていた皮が剝《む》け、その実の下半分が露出する。楓さんは文字通り顔から耳まで赤くし、恥ずかしそうに顔を少し横に逸らしているがその瞳は期待するように濡《ぬ》れていた。

いつも見ている清楚《せいそ》な楓さんとはまるで違う、可憐《かれん》で美しくも淫靡《いんび》な姿に俺は思わずゴクリと生唾を呑《の》み込む。

「私のこと……たくさん愛《め》でてください」

今にも消え入りそうな声で懇願されて、俺は誘蛾灯《ゆうがとう》に誘われるように本能の赴くままゆっくりと魅惑の生果実に手を伸ばして——

「——ってさすがにやりすぎだろうが⁉」

触れる直前に我に返った俺は煩悩まみれの淫魔な女神に手刀を落とした。危うく戻れない領域に足を踏み入れるところだった。

「うぅ……痛いです。どうしてここで正気に戻っちゃうんですかぁ？」

唇を尖《とが》らせながら涙目で楓さんは訴えてくるが、俺は全力で無視をして一連の絡みで彼女が着崩した衣服を整える。

「私を生殺しにして楽しんでいるんですか？　もしかしてこれが噂《うわさ》に聞く焦《じ》らしプレイというやつですか？」

「別にそんなつもりはないし、そもそもここまでするつもりはなかったし、むしろここで終わるのは俺にとっても生殺しだし……」

俯《うつむ》き、楓さんに背を向けながら小声で呟《つぶや》く。この態度に不満を抱いたのか可愛いうめき声を上げながらポカポカと叩《たた》かれるが正直それに構うほどの余裕はない。なぜなら下腹部が痛みを覚えるほど熱く隆起しているからだ。これを見られるのは恥ずかしい。

「それならどうしてやめちゃうんですか？」

甘い猫撫《ねこな》で声で尋ねながら俺の背中にピトッとしなだれかかってくる楓さん。叶《かな》うことなら振り向いてもう一度抱きしめて今すぐ楓さんと身も心も一つになりたいところだが、俺に残された最後の理性が警鐘を鳴らすのだ。無責任なことは絶対にするなと。

「誰よりも楓さんのことが大切だからに決まっているだろう？　むしろ楓さんこそ何を焦《あせ》っているのさ。今日はちょっとおかしいよ？」

「べ、別に焦ってなんか……」

「焦ってるよ。そうじゃなければ脈絡もなくここまでしないでしょう？」

思い当たる理由は将来の為《ため》に海外留学を決めたことだ。まだ確定したわけではないと言っていたけれど、貴音姉さんに色々話を聞いていることからおそらくこの決意が変わることはないだろう。

だから楓さんは離れ離れになる前に自分の一番大事なものを俺に捧《ささ》げようとしているのだと思う。

「私は勇也君との約束を破ろうとしているんですよ……？　一緒にいるって。どこにも行かないって言ったのに……」

「そのお詫《わ》びをしないとでも思ったの？　もしそうだとしたらさすがの俺も怒るよ？」

「だって……」

消え入りそうな声で呟く楓さんに俺は心の中でため息を零す。お詫びの仕方が些《いささ》か大胆すぎる。今まで抑えてきた感情がついに暴走したといったところか。

「楓さん、自分で言っていたじゃないか。ずっと一緒にいる為、二人で幸せになる為に選んだことだって。ならお詫びなんていらない。そんな形で楓さんの一生に一度の初めてを貰《もら》いたくはない」

「勇也君……」

「楓さんも知っていると思うけど、こう見えて俺はロマンチストだからね。初めては大事にしたいんだよ」

俺はおどけた口調で言いながら、今にも零れ落ちそうなくらい大粒の涙を瞳に溜めている楓さんの頭を優しくポンポンと撫でる。

「それに海外留学に行くって言ってもそれは高校を卒業してからの話だろう？　ならまだ半分近く残っているんだから焦る必要はどこにもないよ」

「そう、ですね……勇也君の言う通りです。自分で決めたことなのになんかどうしようもないくらい焦っちゃって……ごめんなさい」

「謝ることじゃないよ。ただ今回はこれまでの楓さんの突拍子のない行動の中でも断トツに驚いたけどね。その分快感とかドキドキとか色々やばかったけど」

手に残る感触を思い出しただけでも頬は熱を帯びるし脳も沸騰しそうになる。それくらい楓さんの双丘の触り心地は極上だった。ダメだとわかっているけど叶うならもう一度、なんてことを考えているのはどうやら彼女には筒抜けのようで、

「フフッ、勇也君はむっつりさんですね。言ってくれればいつでも触らせてあげますよ。もちろん……生で」

なんてことを蠱惑的な声で囁かれて俺は驚きのあまりソファーから飛び上がった。本当に今日の楓さんは淫魔みたいだ。けれどその声音は先ほどまであった悲壮感はなく、いつも俺を困らせる天真爛漫《てんしんらんまん》な可愛さが戻っていた。だからと言ってもろ手を挙げて喜べる状況ではないけどな。

「生で……ってそういうのはちゃんと然《しか》るべき時、然るべき場所で、然るべき順序を踏んでからって話をたった今したばかりだよね⁉」

甘美な誘惑に思わずゴクリと生唾を呑み込んだが一瞬で我に返れる程度には俺も冷静さを取り戻しているが、それが虚栄であることを楓さんに見抜かれてしまった。なぜなら彼女は口元に手を当てて下卑た笑みを零しながら、

「ウフフッ。しっかり私で反応してくれて嬉《うれ》しいです。ところでそのままだと大変ですよね？　お母さんから色々教えてもらった私のテクニックで気持ち良くしてあげ――――」

「スト――――――ップ‼　それ以上は言わせないしナニもさせないからな⁉　あと桜《さくら》子《こ》さんから余計なことを聞かないように！」

俺は羞恥心に耐えながら一気にまくし立て、勢いそのままに脱兎《だっと》のごとくリビングを後にした。

背後から〝どうして逃げるんですかぁ！〟とか〝私に任せてくださいよぉ！〟とか聞こえてくるが全部無視して、手に残る双丘の残滓《ざんし》とギンギンと昂る心臓等を鎮める為に寝室へと逃げ込んだ。

「ホント、勘弁してくれ……」

深いため息とともに楓さんに余計なことを吹き込んだ桜子さんへの呪詛《じゅそ》を吐き出しながら俺は素数を数えて精神統一を図るのだった。

第2話 ● 幸せ修学旅行計画

I'm gonna live with you not because my parents left me their debt but because I like you

10月もまもなく終わり、本格的な冬の足音が近づいてきた頃。

文化祭の盛り上がりが一段落して明和台《めいわだい》高校は落ち着きを取り戻しているが、それはあくまで俺達二年生以外の話である。

高校生活最大にして最高のイベント——すなわち修学旅行——を前にして我が二年二組のボルテージは早くも最高潮に達していた。その中でも特にヒートアップしているのは言うまでもなくこの人、楓《かえで》さんの親友であり彼女を凌《しの》ぐ果実を携える大槻秋穂《おおつきあきほ》さんである。

「さてさて皆さま！　もうまもなく我々は京都に足を踏み入れることになるわけだけど準備はいいかな⁉」

放課後の教室で大槻さんはまるで観衆のテンションを確かめるアーティストのように声高らかに尋ねてきた。二日にわたる文化祭を準備の時から盛り上げてきたにも拘《かか》わらず疲れるどころかよりパワフルになっている。

余談だが、大槻さんのメイド服姿を見た生徒の一部が親衛隊なるものを結成したとかしないとか。恐るべし、合法ロリ巨乳。

ちなみに大槻さんのライブの聴衆は俺、楓さん、二階堂《にかいどう》、伸二《しんじ》のいつものメンバーだ。結《ゆい》ちゃんがいれば完璧な布陣だったがさすがに学年が違うし、一年生も課外合宿があるのでその準備で忙しいからな。

「いやいや、秋穂。準備も何もこれからグループを決めようって話をするところだから始まってすらいないからね？　いくら何でも気が早すぎるよ」

苦笑いをしながら大槻さんの恋人であり俺の親友でもある日暮《ひぐれ》伸二が指摘する。彼の言う通りつい先ほど終礼が終わったばかりで、まさにこれから班決めをしようというのが今の段階だ。

「チッチッチッ……わかってないなぁ、シン君。この五人が一緒の班になることは火を見るよりも明らかな確定事項だよ！　むしろ私達がバラバラになることはあり得ないと思わないかね⁉」

「秋穂の言う通りだし、同じ班になるならこのメンバーがいいかな」

気心が知れているしね、と付け足しながら柔和な笑みを浮かべて言うのは二階堂哀《あい》。

〝明和台の王子様〟と呼ばれるほど端正な顔立ちの美少女だが、文化祭で披露したミニスカのメイド服を着た彼女は可憐《かれん》な乙女そのもので数多くの生徒のハートを撃ち抜いたとか。噂ではクレープを美味《おい》しそうに食べる可愛《かわい》らしい姿が目撃されたとか。これ以上ファンを増やすなよな。

「二階堂さんの言う通りです。2日目の班行動はこのメンバーがベストですね！」

楓さんがグッと拳を作りながら二階堂の言葉に同意を示した。楓さんもまたミニスカメイド服で校内外問わず老若男女《ろうにゃくなんにょ》を虜《とりこ》にし、中には連絡先を聞いてくる人もいたとか。俺としては非常に複雑な気持ちを抱いたのは言うまでもないが、楓さんはその悉《ことごと》くを〝興味ありません〟と一蹴したそうだ。

ちなみにメイド服の楓さんの一番の虜になったのは貴音《たかね》姉さんである。あの人はこともあろうに楓さんを指名して接客させたり――指名サービスなどない――何故《なぜ》か持っていた自前のチェキで一緒に写真撮影をしたりやりたい放題した挙句、最後に飛び出した言葉は〝楓ちゃんを今すぐお持ち帰りしていい？〟だった。

またこれは完全な余談だが、貴音姉さんの被害には二階堂もあっており二人が並んだ絵面を見た女子生徒達から黄色い歓声が上がった。

閑話休題。

「なんて言っているけど楓ちゃんはヨッシーさえいればいいんだよね？　うぅ……私たちの友情はこんなにも脆《もろ》く儚《はかな》い物だったんだね。私は悲しいよ」

「ちょっと秋穂ちゃん、何を言っているんですか？　一生に一度の修学旅行なんですから私はみんなとの思い出を作りたいと思っていますよ？」

およよと泣き真似《まね》をしながら冗談めかして言った大槻さんの言葉に対して楓さんは至極真面目な顔で詰め寄りながら反論する。

「いつでもどこでも私が勇也君と二人きりでラブラブしたいと思っていたら大間違いですからね？　友情も同じくらい大切に決まっているじゃないですか！」

「アハハ……そ、そうだよね！　恋人も大事だけど友情も同じくらい大事だよね！　だから怒らないで、楓ちゃん！」

大槻さんは苦笑いを浮かべながら不満そうに頬を膨らませている楓さんを必死に宥《なだ》めつつ、助け舟を求めるようにチラリと視線をこちらに向けてくるが〝頑張れ〟と心の中で激励するに留《とど》めた。自分で蒔《ま》いた種は自分で処理してください。

「ねぇ、吉住《よしずみ》。一葉《ひとつば》さんはあぁ言っているけどキミとしてはどうなの？」

気心知れた二人の漫才みたいなやり取りを見ていると、不意に二階堂がいたずらっ子のような笑みを口元に浮かべて尋ねてきた。

「ん？　どうなのって言われても何のことかわからないんだけど？」

「一葉さんはみんなで回りたいって言っているけど、吉住は同じ考えなのかなって思ってさ。自由時間は二人で見て回りたいんじゃない？」

からかうように言うがその表情にわずかだが哀愁のようなものを感じたのは気のせいだろうか。

「俺も楓さんと同意見だよ。せっかくの修学旅行なんだ。二人よりみんなで回った方が楽しいに決まってるだろう？」

「フフッ、それもそうだね。そもそも二人で旅行なんてそれこそ卒業したらいくらでも行けるもんね」

「あぁ……そうだな」

卒業したら。二階堂の何気ない一言に俺の心に影が差し、乾いた笑いが口から漏れる。

およそ一年半後、俺と楓さんは離れ離れになる。今のように気軽に遊びに行ったり、ご飯を食べてお風呂《ふろ》に入り、一緒に寝ることも出来なくなる。

「どうしたの、吉住？」

俺の鬱屈した感情に気が付いたのか、二階堂が心配そうに尋ねてきた。何だかんだ一年生の時からずっと隣の席で高校生活を共にしてきたせいだろうか、ほんの些細《ささい》な機微の変化にも気付かれてしまったようだ。

「いや、別に何でもないよ」

だが俺は余計な心配をかけない為にわざとらしい明るい声で答えてこの場をやり過ごすことにした。楓さんとのことを二階堂に相談するわけにもいかないからな。

「……そう。わかった、吉住がそう言うなら深くは聞かない。でも辛《つら》かったら言ってね？　私でよければいつでも話を聞いてあげるから」

「ありがとう、二階堂。その気持ちだけで十分だよ」

夏祭りの後もこうして変わらず接してくれることに改めて心の中で感謝しつつ、視線を楓さんと大槻さんに戻して肝心の修学旅行の班決めについて話を戻す。

「まぁ班のメンバーはこの五人でいいんじゃないかな？　幻のシックスメンが欲しいわけじゃないけど、さすがに……ね？」

自由行動の班は五人から六人で組むようにと担任から指示があったが、大槻さんの言わんとすることはわかる。現に教室中からこんな声が――

『あの五人の中に入るのは無理だよ……色んな意味で死んじゃうよ』

『一葉さんと二階堂さんに挟まれて高貴な匂いに包まれたい。でもそれを独り占めしたらきっとみんなからの嫉妬で殺されるわ』

『絶対的な彼女持ちとは言え、吉住君と日暮君の明和台のイケメンツートップと一緒に回れたら……我が人生に一片の悔いなし』

　女子達はひそひそと小声で話しながら視線をぶつけ合って互いにけん制し合っている。それにしても楓さんと二階堂の高貴な匂いだとか、俺と仲二のイケメンツートップだとかおかしなことを言っているけど大丈夫か？

『あのメンツの中に入る奴《やつ》は勇者じゃねぇ。勇気と無謀をはき違えたただの愚か者だ』

『明和台の三大美女と一緒に修学旅行を回れるのは最高だけど、きっと見向きもされなくて残酷な思い出になる気しかない』

『恨めしい……ただただ吉住と日暮が恨めしい。特に吉住……一葉さんだけに飽き足らず二階堂さんとまで仲良くしやがって……くそがぁっ！』

　男子連中は呪詛めいた嫉妬全開のぼやきを隠す気はないらしい。怨念の籠った視線と呪いの言葉をぼそぼそと呟《つぶや》くんじゃない。だがもし俺が同じ立場だったらきっと彼らに混じって恨み言の一つや二つ、口に出していただろうな。

「秋穂の言う通りだね。せっかくの修学旅行だし、私は気の置けないこのメンバーで色んなところを回りたいな」

「私も二階堂さんに賛成です。それに私達の班に入ってくれる人を探そうにもきっと……」

「フフッ。恐らくいないだろうね」

しょぼんと肩を落とす楓さん。その肩にポンと手を置いて慰める二階堂。さながら落ち込むお姫様を元気づける王子様の構図に教室が俄《にわ》かに色めき立つ。ホント、この二人は絵になるな。

「そもそもこの中にあと一人、男子にしても女子にしても加わったら色々大変だからね。この五人で行くのが無難だね。勇也もそう思うだろう？」

「ん？　あぁ……そうだな。確かに新たに男子が加わったらって考えると……うん、このままでいいな」

伸二はともかく、楓さんとクラスメイトとは言え他の男子と仲良さそうに話しているのを間近で見たらと考えるだけで嫉妬でどうにかなりそうだ。

「……吉住、変な妄想をして怖い顔をしないの。少しは一葉さん大好きオーラを隠さないとダメだよ？　そうじゃないと――」

そうじゃないとなんだよ。俺がそう聞き返すよりも早く二階堂が深いため息を吐《つ》きながら隣で両手を頬に当てながら身体《からだ》をくねくねさせている楓さんを指さした。

「もう、大丈夫ですよ。私は勇也君一筋ですから。修学旅行中はそれこそ付きっ切りで甘えてあげますから！」

甘えてあげますって。それではまるで俺が甘えてほしいみたいじゃないか。まぁ甘えん坊モードの楓さんは可愛いからむしろどんとこいではあるんだけど、そんなことを口にしようものなら王子様が魔王様になりかねない。

「……わかった。俺が悪かった、二階堂」

「わかればいいんだよ、わかれば。今後は気を付けてね、って言うのはこれで何度目になるかな？　出来ることならこれで最後にしてね？」

「……善処します」

尋常ならざる二階堂の笑顔の圧力に屈して俺はガックリと肩を落とす。ちなみに隣にいる楓さんは妄想の中にトリップ中。

「ハァ……ホントにこの五人で大丈夫かなぁ。私は今から不安で夜しか眠れなくなりそうだよ、シン君」

「ハハハ……まぁそこは勇也次第ってことだね。頼んだよ、勇也」

そう言ってポンッと俺の肩に手を置きながら微笑《ほほえ》む伸二。やめろ、重たい十字架を俺に背負わそうとするんじゃない。楓さんが暴走しないように手綱を握るだけでも一苦労なのに、そこに二階堂まで加わったら修学旅行中に過労でぶっ倒れるぞ。こういう時に結ちゃんがいてくれたら。この時だけ召喚する方法はないものか。

「よしっ、班決めは無事に終わったみたいだな！　それじゃ予定表とか色々配っていくから無くさないように！」

なんてことを俺が一人考えていると、教壇で様子を見守っていた担任の藤本《ふじもと》先生がパンッと手を叩《たた》きながら各班に修学旅行の予定表と京都周辺の観光本を配り始めた。それが終わると班長を決めるように藤本先生は指示を出した。

「班長の仕事は班の引率とか観光ガイドじゃないからな？　やってもらうのは先生への報告や連絡事項の伝達くらいだからそこまで面倒な物じゃないぞ。まぁ内申にも影響はないがな！」

そう言って藤本先生はガハハと笑う。みんなに楽しんでもらわないといけない、なんていう気苦労を背負うわけではないが他の生徒より一つ仕事が増えるという点では面倒なことに変わりはない。

「班長かぁ……どうやって決めるのがいいと思う？　自薦？　他薦？　それとも平等にじゃんけんで決める？」

「あと腐れがないのはじゃんけんかな？　フフッ、これは負けられない戦いだね」

「じゃんけんなら私も負けませんよ！　最初はグーからですよね⁉」

大槻さんの適当な提案に意外にもノリノリな反応を見せる二階堂と楓さん。手をポキポキと鳴らしてまるで戦場に赴く戦士のよう。たかがじゃんけんにそこまでやる気を出すことはないだろうに。

「ところで秋穂。じゃんけんはもちろん一本勝負だよね？　まさかとは思うけど三本先取の勝ち抜き戦とか言わないよね？」

真面目な顔でアホなことを言い出す二階堂。いつもクールで王子様然としているからそのノリの良さに戸惑いを覚える。大槻さんや結ちゃんみたいな生粋のボケ担当に毒されたのかもしれないな。

「ねぇ、吉住。まさかと思うけどキミ、失礼なことを考えていないよね？　私は考え無しの秋穂とは違うからね？　ただ単に班長になりたくないだけだからね？」

「ちょっと哀ちゃん、考え無しとは失礼じゃないかな⁉　こう見えて私だって色々考えているんだよ⁉」

「そうですよ、勇也君！　一見すると秋穂ちゃんは何にも考えていないアホな子ですが、実は誰よりもたくさんのことを考えている気遣い上手な子なんです！　そんな秋穂ちゃんに私は何度も助けられました！」

「フォローをする気があるのかないのかよくわからないけどどうもありがとう、楓ちゃん！　というかこれじゃいつまで経《た》っても決まらないからさっさとじゃんけんやるよ！」

ダンダンと地団駄を踏みながら叫ぶ大槻さん。というかわざわざじゃんけんをするまでもなく誰が班長に相応《ふさわ》しいかは一目瞭然じゃないか？

「ねぇ、大槻さん。班長は他薦でもいいんだよな？　それなら適任がいると思うんだけど……？」

「奇遇だね、ヨッシー。実は私も同じことを言おうと思っていたところだよ。この班を任せられるのは一人しかいないね」

珍しく大槻さんと意見が合ったな。これからする提案は被推薦者を除けば反対する者はいないまさしく最適解。むしろ彼女以外には務まらない。

「勇也君は誰に班長をやってもらったらいいと考えているんですか？」

楓さんが尋ねてくるが、おそらく彼女はこれから俺が口にする名前に察しがついているはずだ。そしてそれは二階堂や伸二も同様だ。

「俺は大槻さんが班長に適任かなって思うんだけど、どうかな？」

「ちょっと待って、ヨッシー⁉　そこは学園トップの成績をひた走る楓ちゃんって言うところじゃないの⁉　もしくはバスケ部のエースとしてみんなを引っ張る哀ちゃんの方が適任じゃないかな⁉」

　俺の提案にみな一様に頷《うなず》くが、大槻さんだけは勘弁してくれと言わんばかりに抗議の声を上げる。しかし、

「フッフッフッ。私に班長は務まりませんよ、秋穂ちゃん。さっき自分で言っていたじゃないですか。私は勇也君が絡《から》むと途端にポンコツさんになると。だからこの中では班長には一番向いていません！」

　そう言いながらドヤ顔でえっへんと胸を張る楓さん。自信満々で言うことじゃないし、大槻さんに言われて否定したことを自分で言うのはどうかと思う。

「勇也の意見に僕も賛成かな。このメンバーをまとめることが出来るのは秋穂しかいないよ」

「私も吉住の意見に賛成。秋穂以外に適任はいないよ」

　そう言う二階堂も所属しているバスケ部では秋からキャプテンを任されているので班長として適任に思えるが、二階堂の場合は背中で引っ張る姉御肌気質だしこういう行事のリ

ーダーには向いていない。

そして俺と伸二では個性的な女性陣を制御出来る自信がないし、楓さんは実際やるとなったらポンコツになることはないがトップを支える参謀の方が向いていると俺は思う。

「えっと……みんな、マジで言ってる？　私に班長が務まると思っているの？　それはさすがに過大評価というかむしろ無理無茶無謀の三連単のような……」

「満場一致なんだから諦めるんだね、秋穂。キミ以上に適任な人材はこの班にはいないよ」

大槻さんは声を震わせながら最後の抵抗を試みるが、ニヒルな笑みを浮かべた二階堂の一言によって完膚なきまでに止《とど》めを刺された。

「うう……助けて、カエデもん！　みんなが私に班長をやらせようとしてくるよぉ！」

一縷《いちる》の望みを賭けて大槻さんは楓さんの胸の中に飛び込む。未来の猫型ロボットなら〝しょうがないなぁ〟と言ってこの絶望的な状況を打開する道具を出してくれたかもしれないが楓さんはそこまで甘くはなかった。

「秋穂ちゃんなら大丈夫ですよ。自信を持ってください」

「……え？　か、楓ちゃん？　もしかして楓ちゃんもヨッシーの意見に賛成とか言わないよね？」

絶望を感じ取ったのか大槻さんは震える声で楓さんを見上げながら恐る恐る尋ねる。そんな哀れな小鹿に向けて満面の笑みを浮かべながら楓さんは、

「もちろん、私も勇也君に賛成ですよ？　みんなのことを考えられる秋穂ちゃん以上に適任はいません！」

いつもの楓さんならよしよしと慰める愛情あふれる天使になっていたかもしれないが、民主主義のおけるもっとも原始的な多数決という意思決定の場においては非情な悪魔となって容赦なく死刑宣告を言い渡したのだった。

「そんなぁ……私には無理だよぉ。荷が重すぎるよ。助けてよ、シン君」

「一葉さんの言う通り、秋穂なら大丈夫だよ！　もちろん秋穂一人に任せきりにしないから安心して」

「シンく――――ん‼」

ポンポンと頭を撫《な》でられたことで感極まった大槻さんは伸二の胸の中に勢いよく飛び込むのだった。何はともあれ一件落着。

「班長が決まった班から修学旅行の行程表を渡すから取りに来てくれ！」

教壇で様子を見守っていた藤本先生が書類を手に再び立ち上がる。

グループ分けと班長決めと、前座が長くなった気もするがここからが本番だ。修学旅行二日目に設けられた京都の街並みを自由に散策出来る、とっておきの自由時間。そのルートを決めるのが今日のメインだ。

班長の大槻さん指揮の元、机を寄せ合い、配られた周辺地図を広げて複数の観光雑誌を手に会議が始まる。

「それじゃ早速どこを回るか決めていくわけだけども。この中で一度でも京都に行ったことがある人はいる？」

この問いかけに対する答えは俺と伸二、二階堂がイエスで楓さん、大槻さんがノーだった。

「勇也君、京都に行ったことがあるんですか？　それはいつ、誰とですか⁉」

「うん、盛大に勘違いしていると思うから一応話すけど、中学生の時に修学旅行で行っただけだからね？」

ずいっと顔を近づけて詰問《きつもん》してくる楓さんの頭をポンポンと撫でながら答えると、とたんにシュンとなって借りてきた子猫みたいに大人しくなる。うん、可愛《かわい》い。

「僕も勇也と同じかな。でも班別の自由行動の時間はなかったからあんまり覚えていないんだよね」

「私も似たような感じかな。だから今回の修学旅行はすごく楽しみなんだよね！　って吉住……話し合いを始めて早々にイチャイチャするのやめてくれる？」

わざとらしいため息を吐きながら二階堂に言われて、俺は楓さんの頭を撫で続けていることに気が付いた。それだけならまだしも楓さんは気持ちよさそうに目を細めて身体《からだ》を擂《す》り寄せていた。

「ねぇ、シン君。もしかして私は修学旅行が終わるまで、このメオトップル達を従えないといけないの？」

「うん……残念だけどそういうことだね。辛《つら》いと思うけど早々に諦めてなにも見なかったことにするしかないね。秋穂も知っての通り、隙あらばすぐにストロベリーワールドを作る二人だから」

「うぅ……楓ちゃんと一緒にいるのが辛いと思う日が来るとは思わなかったよぉ……」

机に突っ伏して泣き言を口にする大槻さんと苦笑いを浮かべながら頭を撫でて慰める伸二。お前達二人の方がよっぽど甘い空間を作っているじゃないか。なんてツッコミをしようと口を開こうとしたら不満そうに視線鋭く唇を尖《とが》らせている二階堂と目が合った。

「……俺が悪かったです」

「まったくもう……すぐに一葉さんを甘やかすその癖、直した方がいいと思うよ？」

ぐうの音も出ないとはこのことか。俺としては楓さんを甘やかしているつもりはなく、ちょっとしたしぐさが可愛いからつい愛《め》でたくなってしまうだけなのだ。なんてことを言ったら明和台の王子様が鬼も裸足《はだし》で逃げ出す阿修羅《あしゅら》になること間違いなしなので俺は大人しく口を噤《つぐ》む。

「勇也君……帰ったらわかっていますね？」

二階堂という前門の虎をやり過ごしたと思ったら後門の狼《おおかみ》がすぐさま牙を剝《む》く。そんな彼女に俺が提示する回答はただ一つ。

「帰ったら楓さんの気が済むまで撫でてあげるから、今は我慢してね」

「えへへ。言質《げんち》は取りましたからね！　今夜は寝かさないので覚悟してくださいね！」

「誤解を招く発言は慎んでもらえるかな、楓さん⁉」

「それはこっちのセリフだよ、ヨッシー、楓ちゃん！　いい加減ストロベるのやめてくれるかなぁ⁉」

机をどんどんと叩《たた》きながら〝話が進まないよぉ！〟と怒る大槻班長に俺と楓さんは素直に頭を下げて謝罪した。

「……前途多難だね、秋穂。私に協力出来ることなら何でも言ってね？」

「うん……私、頑張る！　というわけで話が横道どころか裏道にまで逸《そ》れたけど話をしていくよ！　それじゃまずはみんなが行きたいところを挙げていこう！」

パンッと頬を叩いて気合いを注入した大槻さんの発言を合図に、ようやく話し合いが始まった。

そして開幕速攻とばかりに勢い良く手を挙げて楓さんが希望を口にする。

「はい！　やっぱり京都と言えば清水寺は外せないと思います！」

「そうだね。時期的に紅葉の見頃にギリギリ間に合うし、清水寺はマストだね」

楓さんの提案に雑誌をパラパラと捲《めく》っていた二階堂が同意する。清水寺は京都の観光地と言えば誰もが最初に思いつく場所だからな。それにこの地は聖地でもあるから是非とも行きたい場所である。

「私は金ぴかなお寺が見たいなぁ！　あとはあれ、なんだっけ。赤い鳥居がずらっと並んでいるすごいところ！」

「金閣寺は教科書に載っているくらい有名だから行きたいね。でも秋穂、いくら何でも金ぴかなお寺って言い方はどうかと思うよ？」

恋人のあまりの発言にさすがの伸二も呆《あき》れを隠せない様子。小・中・高の歴史の授業で必ず耳にする金閣寺を言うに事欠いて金ぴかのお寺はどうかと思うぞ、班長。

「赤い鳥居が並んでいるというのは……もしかして伏見稲荷大社《ふしみいなりたいしゃ》のことかな？　朱色の千

本鳥居が有名な神社だよね？」

「そう、それ！　千本鳥居！　さすが哀ちゃん、物知りだね！」

雑誌に書いてあったんだよ、と苦笑いを零《こぼ》す二階堂。伏見稲荷大社は名前だけは聞いたことがあるが中学の修学旅行では行かなかった場所なので千本鳥居がどんなものか想像がつかない。

「伏見稲荷大社の本殿は重要文化財になっているみたいです。あとおもかる石っていう願いがかなうかどうかを試す石もあるそうなので是非行きたいですね！」

「あとは縁結びで人気な下鴨神社《しもがもじんじゃ》、学業成就《じょうじゅ》・合格祈願で人気の北野天満宮ってところかな。それに有名なお城もあるし……名所がたくさんあって絞るのが大変だね」

雑誌とにらめっこしながら唸《うな》る二階堂。その言葉通り、俺達以外の班の話し合いもどこに行こうか難航しているようだ。今日明日で決まるかも怪しいな。加えて我が班は良くも悪くも個性的な面々の集まりなのでちゃんと意思統一出来るかどうか。なんてことを考えていたらチャイムが鳴った。

「よし、今日のところはこの辺で終わりにしようか。来週までに決めて提出するように！ちなみに自由行動の予定はみんなに任せるが初日と最終日に行く場所と被《かぶ》らないように気を付けるようにな！」

それじゃ解散、と藤本先生は言い残して教室から出て行った。そうか、自由行動ばかりに目が行っていたが基本はクラス単位で見学だよな。その辺りも含めて行く場所を考えないといけないのは少し面倒かもしれない。

なんてことをぼんやり考えているのを尻目に、教室の空気はすでに帰宅モードへと切り替わっていた。それは俺の班のメンバーも同様で、

「私達も今日のところは解散にしようか。話の続きはまた明日ということでいいかな？」

「もちろんです！　むしろ私としてはお家《うち》に帰ってゆっくり行きたいところを考えたいのでその方がありがたいです」

そう言って口元に笑みを浮かべながら俺にチラッと視線を向けてくる楓さん。まだ時間はあるし焦《あせ》って決めることじゃないからな。

「楓ちゃんの言う通りだね！　それじゃ各々《おのおの》行きたいところを今日中にまとめておくように！　それを踏まえて明日決めちゃおう！」

「了解。それにしても……フフッ。何だかんだ文句を言っていたのにふたを開けてみればやっぱり秋穂に任せて正解だったね」

二階堂の言葉に俺は素直にうなずく。伸二を通して一年以上の付き合いになるけど知らなかった一面を見られるとは。そう言えば楓さんと初めてすれ違いを起こした時、最初に

フォローしてくれたのも大槻さんだったよな。

「あぁ見えて秋穂は気遣い、気配りが出来る友達思いの女の子だからね。まぁその分色々考えすぎて心配になる時もあるんだけど」

「……なぁ、伸二。大槻さんが友達思いなのは俺も同意するところだけど、唐突に惚気《のろけ》るのはやめてくれないか？」

「うん、勇也にだけは言われたくないかな？　ＴＰＯ関係なくストロベる勇也と一葉さんに僕等《ら》の胃はもうそろそろ限界だから修学旅行では手加減してね」

残念だけど伸二。修学旅行でストロべるか否《いな》かの裁量を握っているのは俺ではなく楓さんだ。甘々《あまあま》な領域の展開の阻止は大槻さんと二階堂にかかっていると言っても過言ではない。

「善処します、とだけ言っておくよ。というか俺に自重しろとか言いつつお前だって大槻さんとイチャイチャするつもりなんだろう？　修学旅行の空気に当てられてバカップルぶりを発揮するんだろう？」

俺にはその未来がありありと見えるぞ、伸二。どこかで買ってきたソフトクリームを食べさせ合いっこしている二人の姿。それを見て楓さんが〝私達も食べましょう！〟と言い出し、二階堂に睨《にら》まれるところまではっきりとな。

「それはもちろん！　せっかくの修学旅行だから秋穂とたくさん思い出作りたいと思ってるよ。その結果、イチャイチャすることになっても文句は言わせないよ？」

「まったく……自分勝手な奴《やつ》だな、お前は。そういうことなら俺が楓さんとイチャイチャしても文句言われる筋合いはないからな？」

「いや、残念だけど勇也の場合はダメだと思うよ？」

どうしてだよ、と疑問を投げようとしたところで俺は背中に極寒の視線を感じた。恐る恐る振り返った先にいたのは笑顔の面を被った二階堂だった。

「わかっていると思うけど、何事も適量が大事ってことを忘れないでね、吉住？」

そう言ってグッと力強く拳を作り、麦わら帽子の海賊も顔負けの覇気を放ってくる二階堂。あまりの迫力に気圧《けお》されて苦笑いしか出てこない。

「シン君もヨッシーもそのくらいにしようね！　というか堂々とイチャイチャします宣言をしないでくれるかな⁉」

「秋穂ちゃんの言う通りですよ、勇也君！　そういうことは不言実行してくれた方が私は嬉《うれ》しいです！　まぁ口に出した以上、有言実行はしてもらいますけどね！」

大槻さんは顔を真っ赤にして伸二の肩を掴《つか》んでガクガクと揺らし、楓さんは頬に両手を当てて妄想に浸って身体をくねらせる。

「……さて。話もまとまったことだし、そろそろ私は部活に行くからこの辺で失礼させてもらうね」

それじゃ、と鞄《かばん》を肩にかけながら二階堂は言って教室から足早に去って行った。その背中を大槻さんは苦虫を噛《か》み潰したような表情を浮かべながら見送り、

「よしっ！　それじゃ私達も解散しようか！　サッカー部は休みだから楓ちゃんとヨッシーはそのまま帰るよね？」

「私はそのつもりですが、勇也君は何かありますか？」

「いや、特になにもないよ。部活がない時くらいは早く家に帰るよ」

普段は俺の居残り練習のせいで楓さんを待たせているからな。部活が休みの時くらい陽があるうちに帰宅してのんびりだらだら過ごしたい。そういう時間もあと一年もすればなくなるからな。

「それじゃ今晩の夕飯を何にするか考えながら帰りましょう！　お家に帰ったらご飯にしますか？　お風呂《ふろ》？　それとも――」

「ストーーーーップ‼　それ以上の質問は帰ってからにしようね⁉　まぁ答えは決まっているんだけど！」

「え……？　それってつまりわたs――」

楓さんがみなまで言うより早く俺は彼女の頭に容赦なく優しく手刀を落とした。この調子で修学旅行は大丈夫なのだろうか。俺は心の中でため息を吐きながら暴走列車と化した楓さんの手を引いて帰宅の途に就くのだった。

幕間《まくあい》①・それぞれの修学旅行前夜

I'm gonna live with you not because my parents left me their debt but because I like you

『勇也《ゆうや》お兄ちゃん、明日から京都に旅行に行くって本当？』

待ちに待った修学旅行を前日に控えた夜。忘れ物がないかを確認し終わってひと息ついていると久しぶりに梨香《りか》ちゃんから電話がかかってきた。その開口一番小学二年生とは思えない底冷えする声で詰問《きつもん》された。

『夏休みの時も私に内緒で楓《かえで》お姉ちゃんたちと沖縄に遊びに行ったよね⁉　また私をのけ者にするんだね。勇也お兄ちゃんの薄情者！』

薄情者なんて難しい言葉をよく知っているな。まぁきっと春美《はるみ》さんが面白おかしく吹き込んだんだろうけど。というかどうして明日から修学旅行に行くことを知っているのか聞きたいところではあるが、その前に電話の向こうで地団駄を踏んでいる梨香ちゃんをまずは宥《なだ》めないとな。

「あぁ……それなら今度の休みにうちに遊びに来る？　一緒にゲームでも映画でも、梨香ちゃんのやりたいことをして遊ばない？」

『……それじゃ勇也お兄ちゃんが修学旅行から帰ってきたら梨香が眠くなるまでゲームに付き合ってもらうからね！　その日の夜は寝かしてあげないからね！』

ふんすと鼻息を荒くして梨香ちゃんが宣言するが、その言い回しは誰に教えてもらったのかな？　まぁ犯人はもしかしなくても〝ひ〟で始まって〝で〟で終わる日本一可愛《かわい》い女子高生さんなのは明白だけど。

「わかった。それじゃ今度の休みにお泊まりセットを持ってうちにおいで。タカさんと春美さんには俺から話しておくから」

『ううん。パパとママには自分で言うから大丈夫だよ、勇也お兄ちゃん。むしろ勇也お兄ちゃんこそ楓お姉ちゃんの許可を取らなくていいの？』

どこか不安そうな声で梨香ちゃんが尋ねてくる。この気遣いが小学生の頃からできていたら将来は楓さんのような女神になるのではないだろうか。

ちなみにその楓さんはというと絶賛入浴中である。今夜も例によって例の如《ごと》く一緒に入りませんかと誘われたが丁重にお断りをした。親睦会の時の口移し発言といい、最近の楓さんはアグレッシブすぎて油断したらパクリとされかねない。

「そこは心配しなくても大丈夫。楓さんも梨香ちゃんのことを妹みたいに思っているから

ダメとは言わないよ」

二人きりの時間が減ってしまいます！　と拗《す》ねられると思うけどギュッてしてナデナデすれば解決する。

『なんか勇也お兄ちゃんが無自覚系主人公みたいに惚気た気がしたんだけど⁉』

「ハッハハッハッ。それは梨香ちゃんの気のせいだよ。それじゃそろそろ明日の準備をしないといけないからこの辺で切るね。詳しいことはタカさんに連絡しておくよ」

『むぅ……絶対に心の中で惚気られたよぉ。でもお泊まり会楽しみにしてるねっ！　勇也お兄ちゃんも修学旅行楽しんで来てね！　あっ、お土産買って来てくれるよね⁉』

もちろんだよ、と返して梨香ちゃんとの久しぶりの電話を切った。タカさんこと大道《おおみち》夫妻にはお世話になっているのにお礼をする機会が中々ないんだよな。むしろそういうことをすると〝子供が大人に気を遣うことねぇよ〟って叱られるくらいだ。

「考えてみるとタカさんがいなかったら俺は今頃どうなっていたんだろう。貴音《たかね》姉さんとも出会えていなかったわけだし……結婚式で挨拶してもらわないとな」

タカさんは強面《こわもて》で本職はあれなお仕事だが表向きはサラリーマンってことになっているから大丈夫だろう。桜子《さくらこ》さんを始めとした一葉《ひとつば》家には素性を知られているとはいえ、俺にとってはかけがえのない人だ。

「そう言えば貴音姉さんってまだ日本にいるんだよな。そんなに年齢変わらないのにバリバリ働いて……楓さんが憧れるのも無理ないか」

一葉電機が世界に名を轟《とどろ》かせる家電メーカーなら千空寺《せんくうじ》グループは世界に羽ばたこうとしている国内トップの老舗ホテルグループだ。貴音姉さんはそこの跡取り娘として高校卒業を機に海外の大学に進学して経営について学ぶと同時に海外進出の足掛かりを作った才女だ。

貴音姉さんは将来のことに悩んでいた楓さんにとってこれ以上ない理想的な存在だ。自分と同じ社長令嬢なんてそうそう現れるものじゃないし、性格も似通っているとなればこの出会いは奇跡と言っても過言ではない。

「貴音姉さんに任せておけば楓さんが海外に行っても大丈夫だよな。戻ってくるまでの間に俺も勉強頑張らないとな。その前に大学受験に成功しないとだけど」

ソファーに深く腰掛けて天井を見上げながら独り言《ご》ちる。明日からの修学旅行は楽しみだけどそれが終わればここからは長い受験モードに突入だ。そしてそれが過ぎればこの家から楓さんは――

「私がどうかしましたか、勇也君？」

不意に後ろから声をかけられると同時に柔らかい感触とお風呂上がりの爽やかな柑橘《かんきつ》の

香りに包まれて心臓がドクンッと跳ねる。

「誰かと電話していたのも気になるところですが、それ以上に結婚式という単語について聞かせてほしいです」

「……もしかして俺の独り言、聞いてたの？」

俺は恐る恐る楓さんに尋ねた。と言っても答えは半ば出ている。誰と電話をしていたかまでは把握されていないけど結婚式と俺が口にしたことは知っている。ということはつまり、

「それはもう最初からばっちり全部です！　大道さんとの縁がなかったら貴音さんや私とも出会っていなかったとか勇也君の赤裸々な独り言を聞かせていただきました！」

「……忘れてください、お願いします」

穴があったら入りたい。お風呂にはまだ入っていないからこのまま楓さんの拘束振りほどいて浴室に逃げ込みたい。

「ダメですよ、勇也君。逃がしません！　一緒にお風呂に入ってくれなくて寂しかった分の穴埋めをしていただきます！」

そう言って楓さんは背後から対面に素早く移動し、勢いそのままに俺の首に腕を回しながら膝の上にぽすっと腰かけてきた。その瞳は熱を帯び、ペロリと舌なめずりをする様は

獲物を見つけた淫魔のように蠱惑《こわく》的だ。

「もう、酷《ひど》いですよ、勇也君！　言うに事欠いて淫魔なんていくら何でも失礼ではないですか⁉」

「楓さんがグイグイ来すぎだからだよ！　そりゃ俺だって一緒にお風呂に入りたいけど最近は水着を着てくれないし着させてくれないじゃないか！」

それを言ったら同棲《どうせい》初日の朝に裸にバスタオル一枚で突撃して来ているので今更な感はあるけれど。

「私は気付いたんです。お風呂に水着は無粋だと。それに生まれたままの姿でギュッってした方が勇也君の体温をより身近に感じられて幸せな気持ちになるんです」

密着しながら甘く蕩《とろ》けるような吐息とともに耳元で囁《ささや》かれ、俺の心臓はドクンと跳ねて鼓動も加速度的に速くなる。

「一緒に暮らしてお付き合いを始めてもうすぐ一年。勇也君が紳士さんで私のことを大切にしてくれているのはわかっています。ですが！　前にも言ったかもしれませんが紳士すぎて不安になるんです！」

ポカポカと楓さんが胸を叩《たた》いてくる。さすがの俺も言わんとすることがわからないほど鈍感ではない。

「ねぇ、勇也君。私は据え膳を我慢出来ちゃうほど魅力がないですか？」

一転してコテッと肩に頭を乗せてきながら不安そうに楓さんが尋ねてくるが、俺は何を言っているのかわからなかったどころか怒りさえ覚える。

冷静に今の楓さんの格好を見てみよう。

パジャマは新調したモコモコのパジャマ。お風呂《ふろ》上がりということもあって肌はほんのり上気しており、胸元を大きく開けているので綺麗《きれい》な鎖骨からたわわな果実までがっつり露出している。

それだけでも目に毒なのに、膝に乗っている桃尻には胸とは違った柔らかさと適度な弾力があって実に揉《も》みごたえがありそうで妄想が加速する。またスラリと伸びるスベスベな肢体も魅惑的で頰ずりをしたくなる。

「えっと……勇也君？　不安になるじゃないですか……」

泣きそうな声で楓さんが上目でじっと見つめてくるがこれは彼女の作戦だ。俺の理性を溶かして狼《おおかみ》さんモードにさせるのが目的だろうが何度も引っかかるほど甘くない。ここはあくまで冷静に答えよう。

「楓さんの据え膳ならいつでも食べたいに決まっているだろう？　ならどうして俺が我慢しているか聡明《そうめい》な楓さんなら疑問に思うよね。それはね――」

「そ、それは……なんですか？」

一度言葉を切って、楓さんの潤んだ瞳をじっと見つめる。そして答えを言う前に彼女の細い顎に手を当ててクイッと持ち上げながら、

「――一度我慢することをやめたら自分でもどうなるかわからないからだよ」

言ってから俺は彼女の桜色の唇に口づけをする。お餅のように柔らかくて甘い感触に多幸感が溢《あふ》れてくる。このまま深い蕩けるような甘美なキスもしたいところだが、それをしたら本当に歯止めが利かなくなるのでこの辺にしておこう。

「んぅ……勇也君、どうしてやめちゃうんですか？　もっと……もっとキスしたいです。してください」

猫撫《ねこな》で声で甘えてくる楓さん。頬はすっかり赤く上気し、瞳に張っている膜もキラキラと輝いている。またわずかに開いた口からつぅと零《こぼ》れる唾液が異様な艶美さを醸《かも》し出していて、俺は思わず生唾を呑《の》み込む。

「今日は閉店ガラガラ、これでお終《しま》いです！　明日から修学旅行なんだから忘れ物がないか確認して早く寝るよ！　俺がお風呂に入っている間に済ませておいてね！」

「そんなぁ……これでお預けなんてあんまりですよぉ！　悶々《もんもん》としたままじゃ準備も手に付きません！　私が忘れ物をしてもいいんですか⁉」

楓さんの何とも情けない悲痛の叫びを右から左に受け流しながら俺は浴室へと向かった。

この調子で明日からの修学旅行は大丈夫か不安になってきた。課外合宿の時に出来なかった夜這《よば》いとかしてこないよな？

「まぁいくら楓さんが暴走列車になってもさすがにそんなことしないよな？　部屋も大槻《おおつき》さんや二階堂《にかいどう》と一緒だって言っていたし、いざという時は二人が止めてくれるだろう」

一人ため息を吐《つ》きながら俺は服を脱ぎ、脱衣場の鍵が締まっているのをちゃんと確認してから風呂場に入る。

楓さんに突撃でもされたら大変だからな。彼女はすでに入り終わったから大丈夫だろうと思うがそれで油断して何度痛い目を見たことか。

「うぅ……勇也君のいけずぅ！　チキン！　超紳士！　風呂上がりに据え膳食わぬは男の恥って言葉を煎じたお茶を飲ませてあげますから覚悟してくださいね！」

そんなことをしている暇があったら忘れ物がないかちゃんと確認してください。ちなみに俺がさっき見た感じだと下着が一日分足りていなかった。教えてあげようと思ったけどそうしたらきっと、

『勇也君の好きな下着を選んでください！　何なら今ここで生着せしてあげますね！』

と言うに違いない。もしそうなれば非常に興味と男心をそそられるが、同時に理性君も

天に召されてしまうので俺はギリギリまで言わないことに決めた。我ながら英断だと思う。

「だけど……逃げてばかりじゃなくて楓さんの気持ちにも応えないといけないよな。離ればなれになって手遅れになる前に……」

独り言《ご》ちながら頭からシャワーを浴びて煮詰まった思考をリセットする。伸二《しんじ》の言葉じゃないが、大人の階段を登る覚悟を決めないとな。

＊＊＊＊

最近、楓ちゃんの様子がどうもおかしい。私――大槻秋穂《おおつきあきほ》――は荷造りの確認をしながら日本一可愛《かわい》い女子高生な親友の変化について考えていた。

異変と言うほど大袈裟《おおげさ》なことではないかもしれないけど、文化祭が終わってからの楓ちゃんのヨッシーに対するアプローチがおかしな方向になっているのだ。

今に始まったことじゃないのでは、とシン君に突っ込まれそうだけど、それにしたって限度がある。

『まぁそれを言ったら最初からおかしかったよね、って思わないこともないけど……でも確かに秋穂の言う通り、最近の一葉さんは勇也に対してグイグイ行きすぎているって僕も思うかな』

修学旅行を明日に控えて、私は忘れ物がないか荷物の確認をしながらシン君に電話をかけていた。

「シン君もそう思うよね⁉ 楓ちゃんとヨッシーって一つ屋根の下で暮らしているけど、まさか私達の与《あずか》り知らないところで爛《ただ》れた生活を送っているとかないよね？」

思わず口から出た自分の言葉を否定するべく頭《かぶり》を振る。いくら楓ちゃんでも最後の一線は踏まないはずだし、何よりヨッシーはダイヤモンド並みの硬度の理性を持っているからどんな誘惑にも屈しないはずだ。はず、だよね。

『アハハ……爛れた生活って。いくらあの二人がメオトップルって呼ばれるくらいラブラブでもそれはないんじゃないかな？』

「いやいやいや⁉ 相手はあの楓ちゃんだよ⁉ 超絶可愛い上に峰不〇子もびっくりのボンキュッボンッな最強ボディの持ち主だよ⁉ あのおっぱいで迫られたらさすがのヨッシーでも――」

楓ちゃんの身体《からだ》は体操着への生着替え中に何度も拝んできたからよく知っている。あのマシュマロおっぱいは柔らかさと弾力があるので一度でも触れてしまったら、ましてや揉んでしまったらその魅力に取り憑《つ》かれること間違いなしだ。まさに禁断の果実というやつだ。

『いやいやいや！　それこそありえないって。鋼鉄が人の形をした勇也に一葉さんのおっぱいを揉む度胸と甲斐性《かいしょう》があれば同棲初日に襲ってるよね』

シン君は苦笑いを零しながらそう言った。

さっきから私は何を考えているのだろう。私だってそういうことに興味がないと言えばウソになるけどそれ以上に恐怖の方が強い。だから私とシン君はキス以上のことはしていないししなくても一緒にいるだけで楽しいし幸せだ。楓ちゃんとヨッシーも同じだと思っていたんだけど違うのかな？

「でもでも……それならどうして楓ちゃんはヨッシーにあんな過激なアプローチをするようになったのかな？　もしかして焦《あせ》ってるとか？」

『焦るって言うのは二階堂《にかいどう》さんのこと？』

さすがシン君。私以上に哀《あい》ちゃんと付き合いの長いだけのことはある。哀ちゃんの気持ちにばっちり気付いていたんだね。

楓ちゃんの焦る理由として考えられるのは二つ。

一つは哀ちゃん。あの子は楓ちゃんと同じくらいヨッシーのことが大好きで夏休みにみんなで行った夏祭りの夜に告白したという。その思いの深さは楓ちゃんに負けていないし、しかもフラれてもなお彼のことを想《おも》い続けている。

「うん……楓ちゃんは哀ちゃんが告白したことをヨッシーから聞いて焦ったのかな？」

ありえない話ではないがヨッシーの楓ちゃんに対する想いは揺るぐことがないのは火を見るより明らか。だからこそ哀ちゃんは告白してもなお断ち切れない好意に苦しんでいるのだが。

『勇也のことだからその辺りのことは包み隠さず話しているだろうね。でもきっぱりと断ったなら一葉さんが焦る理由にはならないと思うけどなぁ』

「だよねぇ……だとすればもう一つの可能性は文化祭に来た千空寺貴音さんかな？」

千空寺貴音さんは文化祭の時に私達のメイド喫茶に現れたヨッシーの知り合いのお姉さんだ。千空寺さんは楓ちゃんに負けず劣らずの美人さんで陽気で気さくな人だった。それでいて時折ヨッシーを見る目は聖母のように優しかった。

『もしかして秋穂は千空寺さんが勇也の初恋の相手とか考えているの？』

「あくまで可能性だけどね。初恋の相手がいきなり現れたら楓ちゃんでも取られないように焦っちゃうんじゃないかな？」

ありえない話ではない。私も君の初恋の人が突然現れて、明らかに好意を抱いていそうな目をしていたらきっと焦ると思う。たとえ恋人の愛情が自分にしか向いていないことをわかっていたとしても。

『勇也が愛情表現下手だったら焦るかもしれないけど……勇也の場合は自覚無自覚関係なく一葉さん大好きオーラを出しているから今更じゃない？』

「むぅ……確かにヨッシーは楓ちゃんにマジラブ100％だからなぁ。仮にそのことで楓ちゃんが暴走してもすぐに収められるよね。なら嫉妬から来る焦りの線はないか」

私は大きくため息を吐く。堂々巡りとはまさにこのことだ。それなら楓ちゃんの様子がおかしくなった原因は何なのだろうか。思いすごしではないと思うんだけどなぁ。

『嫉妬からくる焦りじゃないとしたら……なんだろうね？』

「となると最後の可能性は……将来のことかな？　まさかヨッシーと離れ離れになる選択を楓ちゃんがしたとか？」

『いやいやいや⁉　さ、さすがにそれはないんじゃないの⁉』

シン君もありえない選択に声を震わせながら否定する。

確かに楓ちゃんは将来の夢に悩んでいたけどヨッシーラジラブ一億％な楓ちゃんに限って同棲《どうせい》を解消するような未来を選ぶだろうか？　いや、選ぶはずがない！

ご両親が借金を残したまま蒸発して天涯孤独の身になったヨッシーをまた一人にするような選択を楓ちゃんがするとは思えない。思えないはずなんだけど——

「でももしもその選択をしたとすれば楓ちゃんの暴走に説明がつく……かも？」

離れ離れになる前に真の意味で身も心もヨッシーに捧《ささ》げて永遠の契《ちぎ》りを結ぶ。言い方を変えればそれは呪いだ。ずっと一緒にいてくださいという美しくも淫《みだ》らな純愛の呪い。

「まぁ単純に楓ちゃんがヨッシーともっとイチャイチャしたいだけって可能性もあるんだけどね！」

『結局そこに落ち着くよね。まぁ僕もその可能性が高いなぁって思うよ』

そう言って笑うシン君。結局考えても答えは出ないし、真相は修学旅行で聞けばいいことだよね。それに楓ちゃんの将来の夢はあの時間けていなかったしちょうどいい。

『そんなことより。くれぐれも忘れ物はしないようにね？　あと楽しみすぎて寝不足になったら大変だから早く寝るように。班長が倒れたら僕達の班は終わりだから』

「もう！　シン君は私のお母さんかな⁉　現在進行形で忘れ物がないか確認しているところですぅ！　あとそろそろ寝ようかなって考えていたところですぅ！　シン君こそ忘れ物したり寝坊したりしないようにね！」

結局この後、荷物の確認そっちのけで日付が変わる時間までシン君と他愛のない話をしてしまった。

楓ちゃんのことは気になるけれど。何はともあれ、楽しい修学旅行になればいいと祈りながら私は眠りについた。

＊＊＊＊＊

「……ねぇ、お父さん。これは一体どういうこと？」

「ねぇ、貴音ちゃん。パパが謝るから貧乏ゆすりするのをやめてくれるかな？　あと顔は笑っているのに目が笑ってなくてものすごく怖いんだけど……」

私、千空寺貴音は久しぶりに帰ってきた実家でお父さんと向かい合って将来に関する大事な話をしていた。

「別に怒っているわけじゃないよ？　ただちゃんと理由を聞かせてほしいだけ。私、お断りしてって言ったよね？」

「それは……パパも言ったよね？　先方の息子さんが貴音ちゃんのことをすごく気に入っ

ているって。一度でいいから会って話がしたいって言って引いてくれないんだよ……」

そう言ってしょぼんと肩を落とすお父さん。いい歳《とし》をした髭面《ひげづら》の中年オヤジがぶりっ子するのは正直気持ち悪いからやめてほしい。イライラが加速する。

「も、もちろん貴音ちゃんの気持ちを尊重して何度も断ったからね⁉　でも一度でいいからの一点張りだったんだよ！　それできっぱり諦めるっていうから仕方なく……」

つい最近、私は許嫁《いいなずけ》がいることを知った。だけどこれまで会ったことはおろか話したこともない、顔すら知らない見ず知らずの人と結婚するなんてまっぴらごめんだ。たとえそれが千空寺グループと双璧を成す日本有数の老舗旅館の御曹司だったとしても。

「ハァ……それで、その先方さんとやらと会うのはいつなの？　どうせすでに段取りまで全部済んでいるんでしょう？」

「えっと……それが実は明日の夜なんだよね。場所は京都にあるうちのホテルの最上階スイートルーム」

アハハと笑うお父さんの頭に思わず手刀を落としたくなるのをグッと堪《こら》える。どうして会いたいって懇願している相手のホームにわざわざこちらから出向かなければならないのか。しかも今日の明日なんて急すぎる。もしも私に予定があったらこの髭親父《ひげおやじ》はどうするつもりだったのだろうか。わりと本気でリスケを要求したい。

「フッフッフッ。パパが貴音ちゃんの予定を把握していないとでも思ったのかい？　貴音ちゃんは少なくとも一週間は大きな予定がないことは知っているさ！」

「よし、今すぐそこに直れクソ親父《おやじ》。娘のプライベートを何だと思っているのか問いただしてやる」

「それにね、貴音ちゃん。京都を指定したのは他でもないパパなんだ。先方はこっちに足を運んでくれるって言っていたんだけど断ったんだ」

なんてことをしてくれたんだ、この親父は。向こうがこっちに来てくれるって言うなら素直に受け入れればいいものを！

「フッフッフッ。大事なことを失念してないかな、貴音ちゃん？　明日から吉住《よしずみ》勇也君が京都に修学旅行へ行くことを」

「なっ……!?」

どうしてそのことをこの人が知っている。私だってついこの間【エリタージュ】の看板娘こと大山素子《おおやまもとこ》さんから聞いたばかりだっていうのに。

「そして吉住君達の学校が宿泊するのは千空寺ホテル！　ここまでくればパパが何を言いたいか聡明《そうめい》な貴音ちゃんなら……わかるよね？」

職権乱用だとか顧客情報流出だとか言いたいことはある。腹立つドヤ顔を浮かべるクソ親父を一発ぶん殴ってやりたい。だけどこればっかりは非難することは出来ない。むしろ感謝をしなければいけないくらいだ。

「貴音ちゃんは素直じゃないからね。こうでもしないと吉住君と会おうとしないだろう？ パパなりの気遣いってやつだよ！」

「ハァ……余計なことを。勇也は今すごく幸せだから私が入る余地はないのに。でも……ありがとう、お父さん」

勇也に京都で会える。修学旅行ということなら自由時間もあるはず。偶然を装《よそお》って合流して混ぜてもらうのもありかもしれない。

「そういうわけだから急いで京都へ行く準備をしてね？ あとくれぐれも先方さんには失礼のないようにね？ お願いだから問題は起こさないでね？」

「大丈夫だよ、お父さん。きっちりばっちり後腐れないようにお断りしてくるから」

「うん、パパはそれが心配なんだよ？」

第3話 ● そうだ 京都、行こう。

そして迎えた修学旅行初日。

京都へは新幹線で移動するので朝の八時半に東京駅の新幹線の改札前に集合することになっていた。もし楓《かえで》さんが一緒じゃなかったら駅構内で迷ってたどり着けなかったな。

「だから言ったじゃないですか。私がばっちりエスコートするから大丈夫だって。勇也《ゆうや》君、もしかして疑っていたんですか？」

「疑っていたわけじゃないよ？　でも楓さんって意外と方向音痴だから……」

「確かに私が方向音痴なのは認めますが何度も来ている場所ならさすがに迷いませんからね⁉　謝罪を要求します！」

胸の下で腕を組んでぷんすかと頬を膨らませる楓さん。二つの果実がたゆんと揺れるのを横目で見つつ俺は咳払《せきばら》いを一つしてから謝罪して頭を下げるのだが、楓さんは納得がいっていない様子。

「えっと……楓さん？　どうしてまだお口フグさんなんですか？　ジト目を向けるのやめてくれませんか？」

「謝罪は受け取りましたが私のご機嫌は斜めさんです。これを元に戻したければ新幹線で勇也君の肩にもたれかかることを許可してください」

上目遣いで楓さんが要求してきたのは昨晩寝る前に俺が断固として拒否した内容だった。新幹線の座席は自由行動の班で固まっているので楓さんと席は隣同士。つまり楓さんの要求を呑むことは東京から京都までの移動時間およそ2時間弱の間、甘えん坊さんの面倒をみなければいけなくなるということだ。

「安心してください、勇也君。肩にもたれかかる以外のことはしませんから。せいぜい腕を絡《から》めてギュッしたり耳にフゥッてしたりほっぺにチュッチュッするだけですから！」

「今のどこに安心出来る要素があったのか教えてくれるかなぁ!?　むしろ大槻《おおつき》さんと席を替わってもらうかなって本気で考えるくらいに不安だよ！」

「どうしてですか!?　このくらいのイチャイチャならいいじゃないですか！　もしかして勇也君は移動中の二時間、何もする気がないと!?」

そんなの耐えられません！　と叫びながら地団駄を踏む楓さん。ヤバイ、すでに駄々っ子モードに突入している。これは甘んじて受け入れないとこの先どうなるかわかったもんじゃないな。

「ねぇ、いいですよね？　勇也君にとっても悪い話じゃないですし……ちゃんと、多分、きっと、おそらく、自制しますから！」

それは自制する気ないよね、と内心でツッコミをいれながらしかし素直に首を縦に振るしかないなと覚悟を決める。

「いやぁ――お二人さんは修学旅行でもいつも通り熱々ですなぁ」

むしろいつも以上かな、と笑いながら声をかけてきたのは大槻さんだった。その隣には呆《あき》れた様子の伸二《しんじ》がいた。

「新幹線に乗る前からメオトップル全開とはね。僕達みんな糖尿病になっちゃうから砂糖ばら撒《ま》くのもほどほどにね？」

「俺は砂糖なんてばら撒いてないからな？　風評被害も甚だしい！」

「――いいや、違うね。間違っているよ、吉住。日暮《ひぐれ》の言う通り、キミと一葉《ひとつば》さんはすでに大量の砂糖をばら撒いて大惨事だよ」

俺の言葉を否定する凛《りん》とした声が背後から聞こえてきた。振り返るとそこに立っていたのは明和台《めいわだい》の王子様こと二階堂《にかいどう》だった。彼女はハァとわざとらしくため息を吐《つ》きながら肩をすくめていた。

「まったく……イチャイチャするのは別に構わないけど、いくら何でもフルスロットルに入れるのが早すぎじゃない？」

「いや、だから別にイチャイチャなんて……」

「へぇ……吉住にとって今の一葉さんとのやり取りはイチャイチャしているうちに入らないんだ。なるほどねぇ……今すぐ爆《は》ぜろ馬鹿吉住」

底冷えするような殺意の籠った瞳を向けながら二階堂は言った。何故《なぜ》だろう、朝からみんなの風当たりが強い。これから楽しい修学旅行だっていうのに俺の心はブルーまっしぐらだ。

「まぁまぁ、気持ちはわかるけど少し落ち着こうか、哀《あい》ちゃん。ヨッシーだって悪気があったわけじゃないんだしさ」

「ハァ……だからこそ質《たち》が悪いんだけど……今更文句を言っても仕方ないよね。ごめん、秋穂《あきほ》」

アンニュイなため息を吐く二階堂の肩をポンッと叩《たた》いて大槻さんが慰める。そんな二人の様子を見た伸二がやれやれと言いたげな表情を俺に向けて、

「お願いだからほどほどにしてね、勇也。修学旅行で修羅場になるのだけは勘弁だよ？」

「……修羅場なんて多分、きっと、maybe……起きないから安心しろ」

むしろそういうことを言うと本当に修羅場が起きそうな気がするから口にしないで欲しい。否定する言葉が弱くなるじゃないか。まぁ楓さんと二階堂がバチバチと火花を散らすようなことは万が一にも起きないとは思うけど。

「ヨッシーをこれ以上からかったら出発前からグロッキーなっちゃうからこの辺にしておこうか。楓ちゃんの甘いアプローチは今に始まったことじゃないし、何を言っても止まらないから言うだけ無駄だし……」

「フフッ。秋穂ちゃんも白旗を上げましたので、新幹線の中では思い切り甘えてあげるので覚悟しておいてくださいね、ゆ・う・や君♪」

「……お手柔らかにお願いします」

どうして諦めるんだよ、と大槻さん！　心の中で叫びながら、しかし俺は観念して首を垂れることにした。どうかくれぐれも過激なことは控えてくれますように。そういうことはホテルに着いてからにしてください。

「だが安心したまえ、ヨッシー！　私の目が黒いうちは楓ちゃんの好き勝手にはさせないから！　その為の作戦も私がばっちり考えてきてあるから大船に乗ったつもりでいてくれたまえ！」

自信に満ちたドヤ顔で胸を張る大槻さん。不安がないと言えばウソになるが縋《すが》れるものがあるなら喜んで飛びつこう。それがたとえ地獄への片道切符だったとしても。

「みんな静かに！　時間になったからこれから点呼を取っていくからな！　これから修学旅行だっていうのに遅刻している生徒はいないよなぁ!?」

そんなくだらない話をしている間に集合時間となり、担任の藤本《ふじもと》先生がノリノリで点呼を取り始める。どうやら修学旅行でテンション上がっているのは俺達生徒だけではないようだ。

「今日から三日間、浮かれ気分になるのはわかるがキミ達は明和台高校の代表だ。他の人の迷惑にならないよう、くれぐれも行動には気を付けること！」

ついに始まる三日間の修学旅行。みんな静かに話を聞いているけどワクワクしているのがわかる。かくいう俺もその一人だし、楓さんや二階堂たちも同様だ。顔にありありと〝楽しみ〟と書いてある。

「よしっ、それじゃそろそろ出発するぞ！　みんな、遅れずについてくるように！」

こうして高校生活最大のイベントが幕を開けた。

＊＊＊＊

「さぁみんな！　京都までの二時間弱、何をして遊ぼうか⁉」

新幹線に乗り込んだ俺達五人は向かい合って座っていた。荷物を棚に置くや否《いな》や腰かけるより早く大槻さんと伸二がグルンと回転させたときは驚いた。

「何をして遊ぶって言っても秋穂、トランプをシャッフルしているからトランプで遊ぶんだよね？　というか相変わらず用意がいいね」

「フッフッフッ。これくらい当然のことだよ、哀ちゃん。長旅のお供にトランプとお菓子は必須。班員に快適な旅を提供するのも班長の大事な仕事だぜ！」

感心する二階堂にシャカシャカとトランプをカット＆シャッフルをする大槻さんが笑顔で答える。なるほど、これが大槻さんの考えていたイチャイチャ防止の作戦か。隣に座っている楓さんの笑顔が意味深で怖い。ただこの程度で止まるような人なら俺だって苦労はしないのだが。

ちなみに座席は窓際《まどぎわ》から二階堂、俺、楓さんの順で並び、対面は大槻さん、伸二が座っており、空いた席には大槻さんがこの日の為《ため》に用意したお菓子などが置かれている。

「トランプ自体やるのは久しぶりだけど、ここは定番のババ抜きでいいんじゃないかな？」

「そうですね。時間はたっぷりありますし、色んなゲームをすればいいと思います！　あっ、なんなら負けた人には罰ゲームをするのはどうですか？」

「ナイスアイディアだね、一葉さん。負けた人には罰ゲームをしてもらおう。吉住……覚悟してね？」

ちょっと待て二階堂。どうして俺が負ける前提で話を進めるのかその辺りきっちり説明してもらおうか。

「いや、だって吉住は考えていることがすぐ顔に出るじゃん……リアクションを見ていればババを持っているかは一目瞭然だよ」

とのことらしい。随分と甘くみられたものだが、この戦いで愚かなその幻想をぶち壊して余裕綽々《よゆうしゃくしゃく》な楓さんと二階堂に罰ゲームを味わわせてやる。ただ罰ゲームの内容にもよるけども。

「もちろん罰ゲームもちゃんと用意しているから安心して！　哀れな敗者になった人にはもれなくこちらのお菓子を食べていただきます！」

ドンッ、と効果音が聞こえてきそうな大袈裟《おおげさ》な動作と共に大槻さんが俺達の前に突き出したのは百種の味が楽しめるフレーバービーンズだった。とある映画に登場したお菓子で普通に美味《おい》しそうな味もあれば口にするのも憚《はばか》られるゲテモノ味など、これでしか味わうことの出来ない逸品がたくさんある。罰ゲームにはうってつけのお菓子だ。

「こんなレア物……よく見つけたね、秋穂」

「この日の為にネット通販で取り寄せておいたんだよ！　むしろこういう時でもないとなかなか食べる機会はないからね」

「買うだけ買って食べたいと思わないお菓子の筆頭だね。土味とか草味ならまだマシで、それ以上にひどい味もあるんだよね？」

「よく知っているね、哀ちゃん。その通り、個人的な大当たりは腐ったタマゴ味だね！　あと地味に気になるのは石鹸《せっけん》味かな！」

邪悪な笑みとともに嬉々《きき》として話す大槻さん。味を想像した二階堂は思わず口元を押さえ、楓さんは顔を青くしながらワナワナと肩を震わせて〝これは絶対に負けられません〟と何度も呟《つぶや》いている。いくら何でも動揺しすぎじゃないか？

「それじゃカードを配っていくね！　クックックッ……誰が罰ゲームになるのか楽しみだぜ」

「せいぜい顔に出ないように気を付けることだね、吉住。ジョーカーを引いても泣いたらダメだからね？」

にしし と喉を鳴らして笑いながら大槻さんがカードを配り始め、すでに勝った気でいる二階堂は小馬鹿にした顔で俺の肩をポンと叩いてくる。ちくしょう、馬鹿にしやがって。

「勇也君、もしもババを引いてしまっても私にチューをしてくれれば交換してあげますからね？　だから遠慮せずじゃんじゃんババを引いてくださいー！」

「いや、そんなルールはババ抜きにはないからね⁉」

「負けてとんでもない味のビーンズを食べるのと、私とチューをするの、どっちがいいですか？　私のお勧めは断然チューです！」

「……吉住、わかっていると思うけどその取引に応じたら強制的に負けにして罰ゲーム執行するからね？」

俺の腕にくっつきながら堂々と笑顔でルール違反を推奨してくる楓さんと俺の肩を骨が悲鳴を上げるほどの万力で摑《つか》みつつ極寒の瞳を向けてくる二階堂。

まさか新幹線に乗って早々天国と地獄の感触を同時に味わうことになるとは思ってもみなかった。それにしても楓さんのたわわな感触はいつ味わってもたまらないな。慣《あ》れる日はきっと来ない。

「あのな、二階堂。キミは俺を何だと思っているんだ？　いくら罰ゲームを回避する為とはいえここで楓さんにキスなんてするわけないだろう？」

キスをするくらいなら甘んじて罰ゲームを受ける。まぁ頰にだったら考えないこともないが楓さんのことだから唇に要求するのは目に見えているしな。結婚式でもないのにみんなの前でキスなんてしたら恥ずかしすぎて修学旅行どころではなくなる。それに罰ゲーム回避の為にキスをするほど飢えていない。

「フンッ、わかっているならいいんだよ。キミと一葉さんがキスなんてしているのを見たらさすがの私も理性を保っていられる自信がないからね」

「安心して。二階堂さんじゃなくてもクラスメイトのキスシーンをこんな所で間近で見せられたら大暴れするから。メオトップルここに極まれりだね」

「楓ちゃん……気持ちはわからないでもないけど少しは自重しないとダメだよ？　イチャラブするなら京都に着いてから人目のない所でしてね？　まぁそんな暇は与えないけどね！」

「そんなぁ⁉　勇也君のいけずぅ！　要求するのはほっぺにチューで、マウスｔｏマウスなんて要求しませんよ⁉　あと秋穂ちゃん、私と勇也君の逢瀬《おうせ》を邪魔しないでくださいね！」

女子三人が姦《かしま》しく騒ぐ中、俺は肩をすくめながら配られたカードを確認して黙々とペアを作っていく。そこでふと向かいに座っている伸二と目が合う。親友も何か言いたそうにニヤニヤと笑っている。何だよ、言いたいことがあるならはっきり言えよ。

「いや、別に何もないよ？　ただ最近の勇也と一葉さんは夫婦みたいなカップルじゃなくて最早《もはや》新婚ほやほやのラブラブ夫婦だなぁって思っただけだよ」

「……誰がラブラブ夫婦だ。俺と楓さんはまだそんなんじゃねぇよ」

「〝まだ〟の意味は夜に色々聞かせてもらうとして。そろそろメオトップルに変わるあだ名を考えないといけないね」

　悪いが全力でお断りだ。そもそもメオトップルとかいう不名誉なあだ名は一年前の課外合宿時、同じコテージに泊まった茂木《もぎ》達と伸二が適当に考えたものだ。それが瞬《また》く間に広まったことを俺はいまでも後悔している。そんな過《あやま》ちは繰り返したくない。

「フフッ、僕が勇也と一葉さんにピッタリのあだ名を考えてあげるからね！　大船に乗ったつもりで任せてくれ！」

　得意気な顔で胸をドンッと叩《たた》く伸二にイラッとした俺は手刀を落とす。そもそもお前がメオトップルなんて言う変なあだ名をつけるからこうしてみんなに弄《いじ》られることになったんだ。ちょうどいい、この恨みをババ抜きで晴らしてやる。

「さてさて！　楓ちゃんとヨッシーのイチャラブを阻止したところでそろそろババ抜きを始めていくとしましょうか！」

「勇也君、私の甘い提案を断ったことを後悔するといいです。でも安心してください、もしも負けてしまってもクソまずビーンズを私があーんってしてあげますから！」

「フフッ。私もあーんってしてあげるからね、吉住。そしてちゃんと骨は拾ってあげるから安心して逝《ゆ》くといいよ」

よろしい、そこまで馬鹿にするなら一切の手加減なしの全力で戦ってやる。ババ抜きで手加減ってどうやってやるんだっていうツッコミは聞かない。

「いやぁ……駆け引きが不得意そうなヨッシーがいてくれて助かるよ。私達が負けることはまずなさそうだね、シン君！」

「アハハハ……秋穂は本当に勇也が駆け引き苦手だと思ってるの？」

「ん？　シン君、それってどういう意味かな？」

こら、伸二。せっかくみんなが油断しているんだからゲーム開始前にネタばらしをするんじゃない。大槻さんだけじゃなく楓さんと二階堂も頭に？マークを浮かべて話の続きを待っている。

「みんなも知っていると思うけど、勇也は仮にもうちのサッカー部のエースストライカーだよ？　勝負事の駆け引きは苦手どころか得意中の得意だよ」

「仮にもは余計だぞ、伸二」

俺は思わず苦笑いを零《こぼ》しながら相棒の頭に優しく手刀を落とした。そう、忘れられているかもしれないがこれでも俺はサッカー部のポジションはFW、しかもワントップを任されている。つまりチームが勝つか負けるかは俺がゴールを決めるかどうかにかかっているわけだ。

「常にひりつく場面で相手チームのディフェンダーと細かい駆け引きをしている勇也がこの手の勝負で考えていることを顔に出すはずないでしょう？　むしろブラフを張って僕らを騙《だま》しにくるよ」

「ばんなそかな……ヨッシーにそんな特技があったなんて……シン君の話が事実ならむしろクソまずビーンズを食べるのは私達の可能性も……」

「そう言えば球技大会の時に吉住は大活躍していたよね。さすがサッカー部エース、勝負所での勘とか冴《さえ》はピカ一ってことか。フフッ、これは相手にとって不足はなしだね」

顎が外れる勢いで愕然《がくぜん》とする大槻さん、眉をひそめ、楓さんは失念していましたと言わんばかりに口元を押さえ、二階堂は何故《なぜ》かテンションがあがって不敵な笑みを浮かべている。

「うぅ……諮るとは卑怯《ひきょう》だぞ、ヨッシー！」

「いくら何でもその言い草は理不尽じゃないかな、大槻さん？　俺は一言もババ抜きが苦手だなんて言ってないよ？　みんなが勝手に勘違いしただけだ」

「そ、それじゃ勇也君が駆け引き得意なことがわかったところで始めましょう。だだだ、大丈夫。ババ抜きは運ゲー！　誰が負けてもおかしくないです！」

楓さんの震える声が開始の合図となり、クソまずお菓子をかけたデスゲームの幕が切って落とされた。

それからおよそ三十分後。東京駅を出発した新幹線が新横浜を出て静岡県は三島に向かっている中、三人の敗者ががっくりと肩を落としていた。

「うぅ……どうしてこんなことに。勇也君に嵌《は》められました」

「くそっ！　吉住が鉄仮面なんて知らなかった……！　このペテン師！」

「一切顔に出ないどころかこっちの考えが全部読まれるなんて……ヨッシー、恐るべし」

楓さん、二階堂、大槻さんがぶつぶつと恨み言を言っているが何を言われても痛くも痒《かゆ》くもない。ゲームが始まる前までは自信満々だったのに敗北者になった途端これとは、人間とは実に哀れなものだ。

「勇也君のドヤ顔をこんなところで見ることになるなんて……悔しいですっ！」

「ババを引いてほしくてあたふたする楓さん、すごく可愛《かわい》かったよ。二階堂も案外顔に出やすいんだな。大槻さんは……フフッ」

「ちょっとヨッシー⁉　鼻で笑うなんて失礼じゃないかな⁉」

ぷんすかと地団駄を踏む勢いで大槻さんが抗議をしてくるが、今の俺にとっては心地のいいそよ風みたいなものだ。

「三連続で勝ち抜けしたからって余裕ぶって……今度こそ絶対にぎゃふんと言わせてやる！」

「哀ちゃんの言う通りだよ！　もう一回勝負だ！」

「二人とも……気持ちはわかるけどさすがにそれはルール違反だよ。そろそろ罰ゲーム執行の時間だよ？」

二階堂と大槻さんが鼻息を荒くして再戦を要求してくるが、そうは問屋が卸さないとばかりに罰ゲーム執行官となった伸二がフレーバービーンズを開封していく。ちなみに楓さんは観念したのか涙目で俺に助けを求めている。

「後生です、勇也君。私はこんなところで死にたくはありません……助けてください！」

「ごめんね、楓さん。肩代わりをしてあげたいのは山々だけどこれは罰ゲーム。甘んじて受け入れてください」

「そんなぁ⁉　病める時も健やかなる時も共に愛し、慈《いつく》しむことを誓った仲じゃないですか⁉」

残念ながらそんな誓いを宣言した覚えはありません。まぁ気持ちとしてはしていると言っても過言ではないのだが。というかたかが罰ゲームなのに大袈裟《おおげさ》すぎる。一口噛んで呑《の》み込めば終わりじゃないか。

「わかったよ！　食べればいいんでしょう、食べれば！　楓ちゃん、哀ちゃん、さっさと食べて今度こそヨッシーに痛い目見せるよ！」

そして三人はそれぞれ土味、ヘドロ味、腐った卵味のビーンズを食べて涙を流したのだった。誰がどの味を食べたのかは想像にお任せしよう。

ちなみに楓さんと二階堂は噛《か》んだ瞬間吐き気を抑えて大量の水を飲み、大槻さんはケロッとしていた。

こんな感じでワイワイ騒ぎながら新幹線に揺られることおよそ二時間余り。俺達明和台高校二年生一同は目的の地、京都に到着した。

「京都に着いたどぉ――――‼」

開口一番、テンションが早くもクライマックスに到達した大槻さんが両手を天に掲げて叫んだ。気持ちはわからなくもないが周りには俺達以外にも人がいるから少し声を抑えてほしい。

「テンション上がる気持ちはわかるけど少し落ち着きなよ、秋穂。京都には着いたけどこれからまたすぐに移動だからね？」

「そんなことはわかっているんだよ、シン君！　でもでも、初めて西の都に足を踏み入れたんだよ⁉　京都はいわば心のふるさと！　テンション上げるなっていう方が無理な相談ってもんよ！」

「うん、わかったからそろそろ声のトーンを抑えようか？　藤本先生が鬼の形相で睨《にら》んでものすごく怖いから」

とばっちりは勘弁だよ、と半笑いを浮かべる伸二の言葉通り、我らが担任は顔こそ笑っているが身体《からだ》から怒気を迸《ほとばし》らせて〝いい加減にしろ〟と無言で訴えてきて怖い。

「お前達……京都に来て浮かれる気持ちはわかるが明和台高校の代表だってことを忘れるなって言ったよな？　はしゃいで問題を起こしたらあっという間にＳＮＳに晒《さら》されて大事件になるんだからな？　ホント、お願いだから気を付けてくれよ？」

「…………はい」

切実な感情を孕《はら》んだ淀《よど》んだ瞳で藤本先生に注意され、大槻さんを含めて浮かれていた生徒達全員が殊勝な顔で頷《うなず》いた。まぁ今の世の中不祥事は一瞬で広まって些細《ささい》なことでも致命傷になるからな。今日明日で色々回る観光名所で例えば落書きをしたり展示物を破損させようものなら明和台高校は終わりだ。そしてそれをやらかした生徒の人生も。

「日暮、くれぐれも秋穂の手綱を離さないようにするんだよ？　興奮して暴れて、何か起きてからじゃ遅いから」

「そうだね……うん、制御出来る自信は正直ないけど秋穂のことは僕がちゃんと、責任をもって面倒見るよ」

ニヒルな笑みを浮かべた二階堂にそう言われた伸二は顔を青くしながら答える。楓さんとはまた違った方向で暴走列車になるから制御出来るか不安だよな。だからと言って俺は動かないが。

「勇也君、何をぼぉとしているんですか？　早く行きますよ！」

置いてかれちゃいますよ、と言いながら楓さんは腕を絡《から》めてくる。うん、京都に着いても通常運転は変わりないな。

「……鼻の下が伸びているよ、吉住。まったく、見かけによらずむっつりスケベなんだね、キミは」

「むしろ一葉さんに抱き着かれて悦《よろこ》ばなかったら彼氏として失格だけどね。その点で言えば勇也は良くも悪くも素直だよ。まぁもう少ししゃんとしてほしいけど」

「ねぇ、シン君。手綱を握るのは私じゃなくてヨッシーの方なんじゃないかな？　親友としてヨッシーを見張ってないとイチャラブ爆弾を京都でも作動させかねないよ⁉　それでもいいの⁉」

「いいもなにも、僕にはあのメオトップルを超えた名状しがたい何かに昇格した二人を止めることなんて出来ないよ。というか秋穂だけでも手一杯なのに勇也の面倒まで見れないよ」

そう言って重たいため息を吐いて仰々しく肩をすくめる伸二。

どいつもこいつも好きかって言いやがって。誰が鼻の下を伸ばして悦んでいるだって？　楓さんのたわわな果実の感触を知れば頬が緩むのは必然だ。伸二だって大槻さんに抱き着かれたら同じようにデレってするに決まっている。

「はいはい、無駄話をしていないで行きますよ。楓さん、くっついてもいいけどバスに乗るまでにしてね？」

「えへへ。京都に来て早速勇也君が優しくなりましたぁ。それではお言葉に甘えてバスに乗るまでギュッてさせていただきますね！」

心底嬉《うれ》しそうな顔で甘えてくる楓さんの頭をポンポンと撫《な》でながら俺達は用意されていたバスに乗り込む。

現在時刻はお昼過ぎ。今日の予定は五重塔《ごじゅうのとう》で有名な世界遺産の東寺へ行き、次に行くのは大槻さんが金ぴかなお寺と評した金閣寺、それと対をなす銀閣寺、そして石庭が有名な龍安寺《りょうあんじ》を見て回ってホテルにチェックインして一日目は終了だ。

そして翌日は大槻さんが色々考えてくれた自由行動で京都を丸一日探索。最終日は午前中に十円の絵柄としても有名な平等院鳳凰堂《びょうどういんほうおうどう》を見てから新幹線で帰宅というのが修学旅行の流れだ。

全員バスに乗ったことを藤本先生が確認し、ゆっくりとバスが動き出す。移動時間にして十数分足らずだが窓の向こうに流れる景色は新鮮でさながら別世界のようで、ただ街を巡回しているだけで一日過ごせる気さえする。

「これから皆さんが行く世界遺産の東寺の正式名称は教王護国寺。平安時代初期に建立《こんりゅう》された国立の寺院で、現存する唯一の平安京の遺構です――」

バスガイドさんが軽妙な語り口でこれから向かう東寺の歴史の解説を始める。だが悲しいかな、まともに聞いている生徒はほとんどいない。隣に座っている楓さんはニコニコ幸せそうな笑みを浮かべて俺の腕に抱き着いているし、大槻さんと伸二もガイド本を読みながら談笑している。二階堂に至っては後ろに座っているので何をしているかわからない。

「――さて、私が退屈な話をしている間にまもなく東寺に着きますよぉ！　そうそう、言い忘れていましたが季節的にはまだギリギリ京都は紅葉シーズンなので瓢箪《ひょうたん》池に映る五重塔と紅葉は映えスポットなので絶対に見逃したらダメですよ！　それでは皆様、いってらっしゃい！」

某ネズミの王国のアトラクションでクルーを夢の世界へ案内するキャストのようにバスガイドさんが言ったのと同時にバスは目的地に到着した。というかここから先案内するのもあなたの仕事のはずでは？

「それじゃバスの外に出たら二列に並ぶように！　ガイドさんに遅れずにしっかりついていくんだぞ！　勝手な行動は控えるんだぞぉ」

藤本先生の号令の下、俺達は指示通りに二列に並ぶ。こういう時、本来なら出席簿順に並ぶのだろうが我がクラスの担任はそういう細かいことは気にしない。おかげで俺と楓さん、伸二と大槻さんは隣同士に並ぶことが出来た。

「五重塔も楽しみですが、ガイドさんが言っていた映えスポットも気になります。絶対に行って写真を撮りましょうね！」

「そうだね。明日の清水寺でも紅葉は見られると思うけど水面に映るって言うのは気になるね。あとくっつくのはやめてもらえますか？」

二人きり、もしくは自由行動のメンバーだけならまだしも近くにはクラスメイトのみならず他クラスの生徒も大勢いる。そんないつも以上の衆人環視の中で楓さんが密着して来たらどうなるか。うん、考えるだけで頭が痛くなる。

「はいはい。現実逃避する暇があったらイチャイチャをやめる！　まったく……隙あらばすぐに砂糖をばら撒《ま》くんだから……」

「これはあれだね、楓ちゃんとヨッシーを隣同士にするのはダメだね。ここは私が涙を呑んでシン君をヨッシーの隣に派遣するか……」

「それは最終手段の切り札だけど早々に切ることも検討しないとダメだね。というか今すぐ切ろう、そうしよう」

「そ、そんなぁ⁉　後生です、今すぐ勇也君から離れるので許してください！　って秋穂ちゃん、どうして首根っこを摑《つか》むんですか⁉　勇也君も黙っていないで助けてくださいよぉ！」

冗談交じりの大槻さんの提案に二階堂が賛成したことで、藤本先生に気付かれないように伸二と楓さんの入れ替えが断行された。俺としても苦渋の決断ではあるが楓さんの暴走を止める為には致し方ない。甘んじて受け入れてくれ。俺だって辛《つら》いんだ。

「はいはい！　たまには久しぶりに私とイチャイチャしようね、楓ちゃん。一年半前に恋バナした時みたいにさ」

「あああぁあ秋穂ちゃん⁉　その話をするのは無しですよ⁉　あの頃の話は勇也君にも内緒にしているんですから！」

「へぇ……一葉さんの恋バナか。どんな話をしていたのか気になるなぁ。ねぇ秋穂、僕にも聞かせてくれる？」

おいこら伸二。当事者の俺を差し置いて話を聞こうとするな。

「……私はパス。ねぇ、吉住。早く五重塔を観に行こう！」

言いながらバシッと肩を叩《たた》いて来る二階堂。いつも思うが、地味に痛いからもう少し手加減してほしい。それに俺としては一年前に楓さんが大槻さんにどんな相談をしたのか非常に気になるのだ。

「一葉さんが秋穂にどんな相談をしたかなんて今更気にすることないじゃないか。そんなことよりも目の前の世界遺産だよ！」

「わかった！　わかったから袖を引っ張るな！」

「フフッ。最初からそう言えばいいんだよ。ほら、観《み》えて来たよ！」

すごいなぁと感動した様子で呟《つぶや》く二階堂は普段の凛《りん》として落ち着いた雰囲気とは打って変わって無邪気な子供のようで可愛《かわい》らしい。頭を撫でたくなる衝動をぐっと堪《こら》えられたのは奇跡だな。

「ん？　どうしたの、吉住？　私の顔に何か付いてる？」

「いいや、なにも付いてないよ。ほら、楓さん達も話していないで行くよ！」

わいわい騒ぐのもいいけどゆっくり歩いていたら置いて行かれるどころか和を乱してみんなに迷惑をかけることになる。例えるならアトラクションの待機列が進んでいることに気付かず話し続けて周囲をイラつかせる仲良しグループみたいなものだ。

「あぁ！　おいて行かないでください、勇也君！　秋穂ちゃん、その話は夜にしましょうね！」

楓さんは慌てつつも大槻さんにしっかり釘《くぎ》を刺してから早足で後ろから飛び掛かって来る勢いで追いかけてくる。そんなに聞かれたら恥ずかしい話なのだろうか。より一層興味が湧いてきた。

「ウフフッ。ヨッシーに聞かせてあげたいなぁ。あの頃の楓ちゃんは初恋に悩む乙女だったからね。今のデレデレな楓ちゃんとは違った意味でものすごく可愛かったんだから！」

「ちょ、ちょっと秋穂ちゃん⁉　今すぐお口チャックしてください！　というか縫い付けてあげるのでそこに直れしてください！」

「いやぁ……赤裸々に悩みを吐露する楓ちゃん、今思い出しても可愛かったなぁ。【エリタージュ】の窓際《まどぎわ》の席で〝吉住君、好きぃ〟ってボソッと言いながら突っ伏している姿なんてホント最高だった……」

その時の姿を思い出した大槻さんはうっとりした声を上げ、楓さんは顔を真っ赤にしながらギャアーと日本一可愛い女子高生に似つかわしくない悲鳴を上げる。世界遺産を前に何をしているんですかお二人さん。

「秋穂、一葉さん。盛り上がっているところ悪いけど少し静かにした方がいいよ。ここは学校じゃないからね」

苦笑しながら二階堂に指摘されてようやく二人は我に返り、やってしまったという顔で恥ずかしそうに俯《うつむ》いた。

そして東寺の境内に入って歩くこと数分。バスの中でガイドさんが話していた瓢簞池の向こうに五重塔がそびえ立っているのがついに見えた。

ちなみに他のクラスは宝物館、大師堂、立体曼荼羅《まんだら》のある講堂などに分かれて見学している。最終的に全部見て回れるが自由に見学出来る時間がないのはちょっと残念だ。

「おぉ……ここまで近づくとさすがに壮観だね！　これが歴史の重みってやつかぁ。感動した！」

「ねぇ、秋穂。本当に歴史の重みを感じてる？　かつてないほど言葉が軽いんだけど？」

「それにしても中に入れないのは残念ですね。公開時期が決まっているなんて知りませんでした」

大槻さんの適当な感想に二階堂が苦笑いを浮かべてツッコミ、楓さんは五重塔の中に入れないことを嘆く。

文化保全を考えれば江戸時代に修繕された世界遺産の木造建築をいつでも好きに見学出来るわけがないとはいえ、楓さんの言う通りせっかく来たのに観られないのは残念だ。

「あっ、そうだ！　それなら大学生になったらみんなでまた来ようよ！　その時はちゃんと公開時期を調べてさ！」

「いいね、秋穂。この修学旅行で行けないところもきっとあるだろうしリベンジも兼ねてまた来るのはありだね。まぁ修学旅行が始まったばかりにする話でもないいんだけど」

二階堂の言葉に確かに、と言い出しっぺの大槻さんは笑いながら肯定する。伸二も同意するように頷《うなず》いているのをみると、案外この話は近い将来実現するかもしれないな。ただそこに俺と楓さんがいるかどうかは別の話だが。

「だから楓ちゃん、そんな残念がることないよ！」

「……そうですね。はい、みんなでまた来ましょう！」

わずかに楓さんの顔が曇ったのを俺は見逃さなかった。そして同時に大槻さんも気付いたのか一瞬その視線が鋭くなったように見えたのは俺の気のせいだと思いたい。まぁいつかはみんなに伝えないといけないことだけど修学旅行中にする話じゃない。

「さぁさぁ！　そろそろ移動するみたいだから私達も行くよ！　次は集合写真を撮るって

さ！　遅れたら卒業アルバムでワイプ扱いされちゃうから急がないと！」

そう言って大槻さんが楓さんの手を取って走り出す。それにつられて二階堂が早足で続く。

「ほら、ぼぉーとしてないで勇也も行くよ。早くしないと一葉さんの隣、誰かにとられちゃうよ？」

「よしっ、急ぐぞ伸二！　お前だって大槻さんの隣を確保したいだろう！　っていないし！」

親友に裏切られ、一人取り残される形になった俺は大急ぎで楓さんの隣を目指して走るのだった。

＊＊＊＊＊

「みんな、一日お疲れ様！　この後の予定は19時に食堂に集合して夕食を食べて22時には就寝だ。その間は大浴場で長旅の疲れを癒《いや》すなり、クラスメイトと思い思いの時間を過ごすなり、自由に過ごしなさい」

半日とはいえ京都を満喫してヘトヘトになった俺達は顔に色濃い疲労を滲《にじ》ませながら藤本先生の本日最後の指示を黙って聞いた。

「ただし！　くれぐれも他の宿泊されている方達の迷惑にならないよう気を付けるように！　それじゃ解散！」

こういう時、手短に話を終わらせてくれるのは本当に助かる。無駄な話をしたがる校長先生には是非とも見習ってほしいものだ。

話が終わって解放された途端にみな元気を取り戻して騒ぎ始める。それは我が班のメンバーも例外ではなく、

「勇也君は日暮君と相部屋なんですよね？　後で遊びに行ってもいいですか⁉　いいですよね⁉」

「いやいや、楓さん。確かに俺と伸二は同じ部屋だけど他にも男子はいるからね？　遊びたいのは山々だけどそこは我慢してね？」

楓さんの私服姿を他の男子に色眼鏡で見られたらと考えただけで独占欲が発動しそうになる。これから二日間、同じ部屋で夜を過ごすのに初日から険悪な空気にするわけにはいかないからな。

「うぅ……それなら勇也君が私達の部屋に来るのはどうですか⁉　秋穂ちゃんに二階堂さんの三人部屋なので問題ナッシングですよ！」

「いやいや、問題大ありだよ？　女の園に気軽に足を踏み入れる度胸は俺にはないからね？　そもそも楓さんが良くても二階堂たちがなんて言うか……」

チラリと横目で女性陣を窺《うかが》ってみると、どうしようかと思案顔の大槻さんはまだしも二階堂は怒気を孕《はら》んだ笑みを口元に浮かべていた。

「一葉さんには申し訳ないけど答えはノーだね、吉住。イチャイチャするなら別の場所でしてくれるかな？　自由時間の時まで砂糖漬けにされるのは勘弁だよ」

「哀ちゃんの言う通りかもかも。そういうことは人目につかないところでやってほしいなぁ。ストロベリー空間に私達を巻き来ないでクレメンス！」

うん、聞くまでもなかったな。大槻さんはげんなりと肩を落とし、二階堂に至っては額に青筋浮かべている始末。まぁ部屋でなくても二人でくつろげる所はあるはずだから問題ないだろう。なにせこのホテルは高校生が修学旅行で泊まるにはあまりにも立派すぎる。なにここは日本のみならず世界的に人気の高い〝千空寺《せんくうじ》グループ〟の施設なのだ。

「残念だけど楓ちゃん、そういうわけだから部屋にヨッシーを呼ぶのは諦めてね。もちろん私もシン君を呼んだりしないから、たまには男子禁制の女子会を楽しもう？」

「……わかりました。それでしたら秋穂ちゃんと日暮君の馴《な》れ初め話を根掘り葉掘り聞かせてもらいますね」

「えぇ⁉ わ、私とシン君の馴れ初め話なんて今更聞いても面白くもなんともないと思いますけども⁉」

開き直った楓さんの発言にあからさまな動揺を見せる大槻さん。初代バカップルの馴れ初めは入学早々お互いが一目惚《ひとめぼ》れして交際に発展したことで有名ではあるが、どんなところに惹《ひ》かれたのかは公にはなっていない。

楓さんの口ぶりからするに大槻さんは誰にも話していないのだろう。それはこちらの親友に言えることではあるが。

「な、何かな勇也？ 僕の顔をじっと見ても便利な未来の道具は出せないよ？」

「別に道具を出してほしいわけじゃないよ、シンジエモン君。ただ大槻さんとの馴れ初めを改めて聞かせてもらいつつ、普段どんなおデートをされているのか教えてほしいんだ。今後の参考の為《ため》にね」

俺がこれ以上ない笑顔とともに肩にポンッと手を置きながら話しかけると、二年来の親友は顔を引きつらせながら後ずさる。

「ぼぼぼ、僕の話を聞いてもデートの参考になんてならないと思うよ⁉ というかそんなの聞いてどうするのさ⁉」

「いや、いつも俺のことをからかってくる仕返しが出来るまたとないチャンスだと思ってさ。ただデートプランを参考にしたいっていうのは本気だぞ？　マンネリ化を防ぐ為に先《せん》達《だつ》の知恵を貸してくれ！」

「一つ屋根の下で暮らしている勇也と一葉さんがマンネリなんて気にすることないと思うけどね！　むしろ日を追うごとにイチャイチャが加速しているのにどの口がマンネリっていうのかな⁉　断固抗議する！」

怒り心頭と言わんばかりに大理石のエントランスで地団駄を踏む伸二。俺と楓さんにだってマンネリがないわけじゃないぞ。むしろ一緒に暮らしているからこそ常にその恐怖と戦っているくらいだ。

「ハァ……バカップルとメオトップルは京都でも健在か。私は先に部屋へ行かせてもらうよ」

「ちょ、哀ちゃん⁉　待って、私も行く！」

心底呆《あき》れた様子の二階堂は荷物を持ってそそくさと部屋へと向かって歩き出す。俺達もそろそろ移動しないと他のお客さんの迷惑になる。そう思って楓さんに声をかけようとしたところで――

「――あら、そこにいるのはもしかして勇也？」

突如聞き馴染《なじ》みのある声に名前を呼ばれて振り返ってみると、そこに立っていたのはこのホテルを経営している会社の社長令嬢にして跡取り娘、そして俺にとっては優しいお姉ちゃんでもある千空寺貴音《たかね》さんだった。

「えっ……？　た、貴音姉さんがどうしてここに？」

「どうしてもなにも、ここが千空寺グループのホテルだからに決まっているでしょう？　百聞は一見に如《し》かず。現地視察をするのも私の大事な仕事の一つなのよ」

そう言ってドヤ顔を浮かべる貴音姉さん。報告を聞くだけではなく実際に自ら京都に足を運んで確認するなんて仕事熱心だなと感心するが、突然現れた美女にまだエントランスに残っていた明和台高校の生徒達や一般のお客さんが男女問わず見惚《みと》れて軽いパニックが発生していた。

無理もない。今の貴音姉さんの装《よそお》いはパンツスタイルにロングコートといった一見するとキッチリとしたコーディネートではあるものの、デコルテが露《あら》わになっているインナーのリブニットが妙な色気を醸《かも》し出している。老若男女《ろうにゃくなんにょ》問わず、これは目の保養というには刺激が強い。それは俺も例外ではない。

「フフッ。どうしたの、勇也？　楓ちゃんと言う子がいながらもしかして私に見惚れちゃ

ファンタジア文庫の最新情報が満載！
ファンタジアチャンネル
FANTASIA CHANNEL
2022 12
TVアニメ
2023年4月
放送開始！
究極のチートが
ここにある!!
異世界でチート能力《スキル》を
手にした俺は、
現実世界をも無双する 12
～レベルアップは人生を変えた～
著：美紅 イラスト：桑島黎音
待望のスピンオフシリーズ始動!!
異世界でチート能力《スキル》を手にした俺は
現実世界をも無双する ガールズサイ
～華麗なる乙女たちの冒険は世界を変えた
著：琴平稜 原案・監修：美紅 イラスト：桑島黎
ファンタジア文庫
毎月20日発売!
公式HP https://fantasiabunko.jp/
〒102-8177 東京都千代田区富士見2-13-3

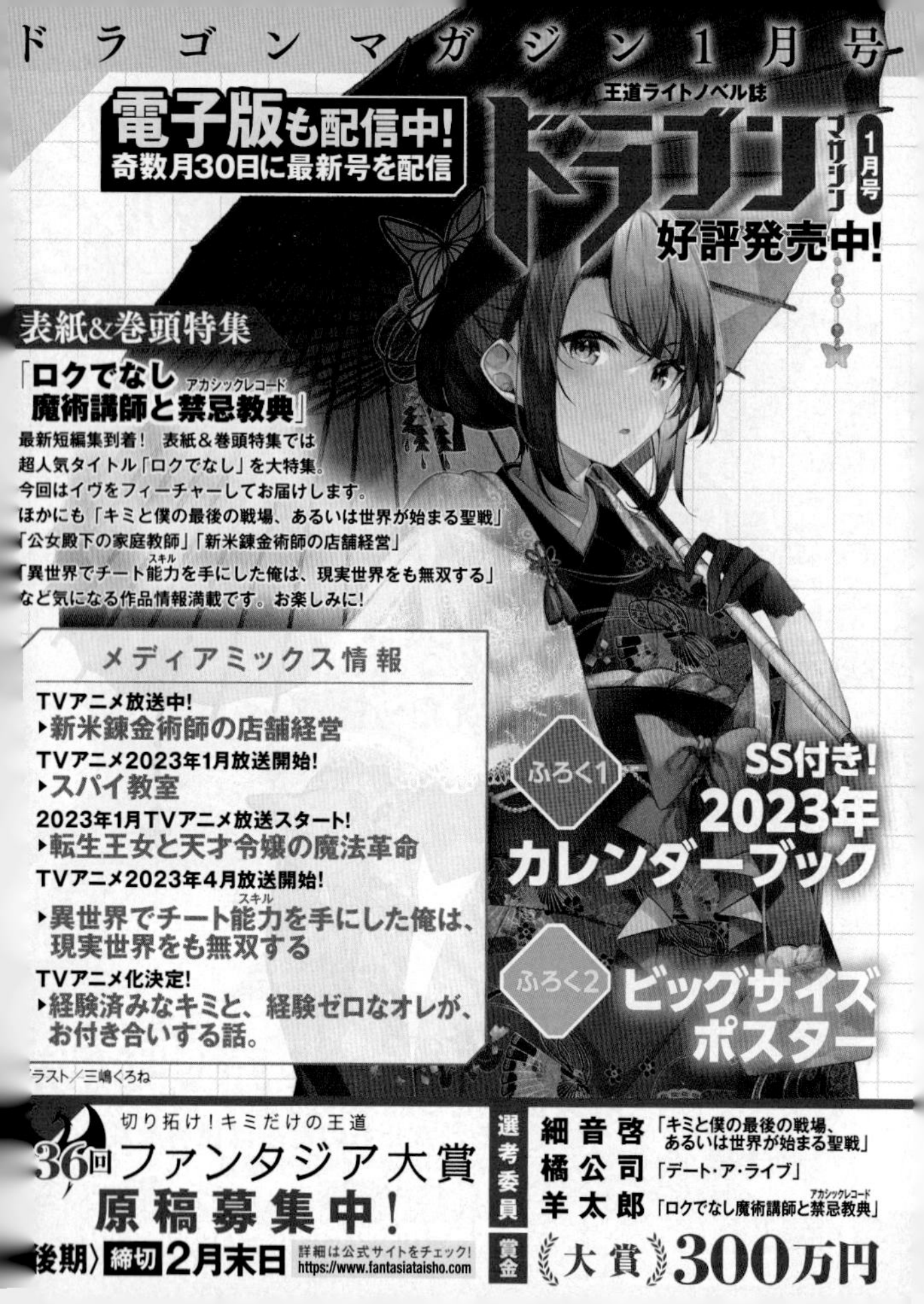
ドラゴンマガジン1月号
電子版も配信中!
奇数月30日に最新号を配信
王道ライトノベル誌
ドラゴンマガジン
1月号
好評発売中!
表紙&巻頭特集
「ロクでなし魔術講師と禁忌教典《アカシックレコード》」
最新短編集到着! 表紙&巻頭特集では
超人気タイトル「ロクでなし」を大特集。
今回はイヴをフィーチャーしてお届けします。
ほかにも「キミと僕の最後の戦場、あるいは世界が始まる聖戦」
「公女殿下の家庭教師」「新米錬金術師の店舗経営」
「異世界でチート能力《スキル》を手にした俺は、現実世界をも無双する」
など気になる作品情報満載です。お楽しみに!
メディアミックス情報
TVアニメ放送中!
▸新米錬金術師の店舗経営
TVアニメ2023年1月放送開始!
▸スパイ教室
2023年1月TVアニメ放送スタート!
▸転生王女と天才令嬢の魔法革命
TVアニメ2023年4月放送開始!
▸異世界でチート能力《スキル》を手にした俺は、現実世界をも無双する
TVアニメ化決定!
▸経験済みなキミと、経験ゼロなオレが、お付き合いする話。
ふろく1
SS付き! 2023年カレンダーブック
ふろく2
ビッグサイズポスター
イラスト/三嶋くろね
切り拓け!キミだけの王道
36回ファンタジア大賞
原稿募集中!
後期〉締切 2月末日
詳細は公式サイトをチェック!
https://www.fantasiataisho.com
選考委員
細音啓「キミと僕の最後の戦場、あるいは世界が始まる聖戦」
橘公司「デート・ア・ライブ」
羊太郎「ロクでなし魔術講師と禁忌教典《アカシックレコード》」
賞金
大賞 300万円

ファンタジア文庫1月の新刊
激動の3rdシーズン、ついに開幕――！
累計80万部突破！
TVアニメ2023年1月放送開始！
スパイ教室 09
《我楽多》のアネット
著：竹町　イラスト：トマリ
完璧な俺の青春ラブコメ
1.ぼっち少女の救い方 新作
著：藍藤唯　イラスト：kodamazon
コミュ力向上のために言語スキルをマスターしたら、引く手あまたの英雄になりました 新作
著：鈴木竜一　イラスト：フェルネモ
僕は、騎士学院のモニカ。新作
著：陸そうと　イラスト：おやずり
VTuberのエンディング、買い取ります。新作
著：朝依しると　イラスト：Tiv
妹が女騎士学園に入学したらなぜか救国の英雄になりました。ぼくが。2
著：ラマンおいどん　イラスト：なたーしゃ
転生王女と天才令嬢の魔法革命 6
著：鴉びえろ　イラスト：きさらぎゆり
VTuberなんだが配信切り忘れたら伝説になってた 6
著：七斗七　イラスト：塩かずのこ
※ラインナップは予告なく変更になる場合がございます。
※実際のイラストとは異なります。
1/20発売!!
KADOKAWA
ファンタジア文庫公式Twitter @fantasia_bunko
メ デ ィ ア ミ
TVアニメ 2023年4月放送開始！
Another World
異世界でチート能力を手にした俺は、現実世界をも無双する
Real World
レベルアップは人生を変えた
CAST
天上優夜：松岡禎丞　宝城佳織：鬼頭明里
レクシア・フォン・アルセリア：前田佳織里
©美紅・桑島黎音／KADOKAWA／いせれべ製作委員会
転生王女と天才令嬢の魔法革命
2023年1月TVアニメ化決定！
CAST
アニスフィア：千本木彩花　ユフィリア：石見舞菜香
イリア：加隈亜衣　アルガルド：坂田将吾
レイニ：羊宮妃那　ティルティ：篠原侑
アニメ公式Twitter @tenten_kakumei
公式サイト https://tenten-kakumei.com
©2023 鴉びえろ・きさらぎゆり／KADOKAWA／転天製作委員会
TVアニメSeasonⅡ
2023年放送開始
キミと僕の最後の戦場、あるいは世界が始まる聖戦
著者：細音啓　イラスト：猫鍋蒼
CAST
小林裕介　雨宮 天
石原夏織　白城なお
土岐隼一　花守ゆみり
デート・ア・ライブV
DATE A LIVE
アニメ制作決定!!
著者：橘公司　イラスト：つなこ

ジア文庫12月の新刊
現代基準では当たり前。
でも彼女たちはとても信頼してくれる
新作!
貴族令嬢。俺にだけなつく
著:夏乃実　イラスト:GreeN
転生した先に待っていたのは貴族たちとの学園生活。裕福で傲慢な貴族の家柄に生まれたけど、あくまで現代人として当然の振る舞いを心がける。そんな立ち振る舞いに貴族令嬢たちは俺に深く信頼を寄せてくれて——
この世界でいちばん強力な武器何かわかる?
……『名推理』だよ。
新作!
名探偵は推理で殺す
依頼《ケース》.1 大罪人バトルロイヤルに潜入せよ
著:輝井永澄　イラスト:マシマサキ
高校生名探偵・明髪シンは、様々な世界から送られてきた大罪人たちが覇を争う【監獄界】に、とある依頼のために召喚された。悲劇の聖女・ルーザを助手に従え、シンは『推理』を武器に極悪人たちとの殺し合いに挑む!
クリスマス前のテスト勉強。彼女の家まで訪問!?
うしろの席のぎゃるに好かれてしまった。2
もう俺はダメかもしれない。
著:陸奥こはる　イラスト:緋月ひぐれ
クリスマスを前に、いつにも増して三代に夢中なクラスのぎゃる・志乃。そんな彼女から、勉強を教えてほしいというお願いが…それをきっかけに、彼女の家まで訪問することに!? 大好評いちゃラブコメ第2巻!
その他今月の新刊ラインナップ
・コンビニ強盗から助けた地味店員が、同じクラスのうぶで可愛いギャルだった 3
著:あボーン　イラスト:なかむら
・両親の借金を肩代わりしてもらう条件は日本一可愛い女子高生と一緒に暮らすことでした。5
著:雨音恵　イラスト:kakao
・キミと僕の最後の戦場、あるいは世界が始まる聖戦 14
著:細音啓　イラスト:猫鍋蒼
※ラインナップは予告なく変更になる場合がございます。
2022 12

っていたのかな？　かな？」

「……うるさい」

人の悪い笑みを浮かべながら近づいてきた貴音姉さんがうりうりと肘で小突いてくる。素直に〝はい、そうです〟と答えたら負けた気がした俺はそっぽを向きながらぶっきらぼうな態度を取る。

「ほれほれ、素直に認めちゃいなさいな。そうすれば楽になるわよ？」

俺の反応に気を良くした貴音姉さんが昔のようにグイグイと絡《から》んでくる。楓さんの雷がさく裂するからそろそろ離れてくれないだろうか。

「貴音さん、こんなところでお会いするなんて奇遇ですね！　でもそろそろ勇也君から離れてください！」

案の定、楓さんが親しみの中に嫉妬を混ぜた複雑怪奇な笑みを浮かべながら、自分の大事なおもちゃを奪い返す子供のように俺の手を思い切り引っ張った。

「アハハ。ごめんね、楓ちゃん。勇也とは文化祭以来だったから年甲斐《としがい》もなくついはしゃいじゃったわ」

てへっと舌を出しながらおどける貴音姉さん。大学卒業した成人済み女性のあざとい仕草にドキッとしたのは俺だけではないはずだ。現に伸二を含めたロビーにいる男子生徒はほんのりと頬を朱に染めている。

「貴音姉さんが仕事熱心なのはわかったけど、視察って脈絡もなく突然するようなものなの？」

「まぁ今回の場合は視察というよりただの挨拶ね。なにせ元々京都に来る予定はなかったのにちょっとした野暮用が急遽《きゅうきょ》出来ちゃったのよ」

仕事熱心だなって褒めた言葉を返してほしい。それにしても京都にわざわざ足を運ぶような野暮用ってなんだろう。気になるな。

「ところで楓ちゃん達は京都に修学旅行で来ているのよね？　どう、楽しめてる？」

「はい！　明日は終日自由に京都を散策出来るので満喫する予定です！」

「へぇ、自由に京都見て回れるのはいいわね。あっ、もしかしなくてもその自由行動って勇也と一緒？」

「勇也君以外にも秋穂ちゃんや二階堂さんに日暮君達と一緒に回る予定です」

「そっか、そっか。仲良しメンバーで京都観光かぁ……一生に一度だから全力で楽しんでね、楓ちゃん」

はい！　と頭を撫《な》でられながら元気よく答える楓さん。まさかここまで懐《なつ》くと。まぁ梨《り》香《か》ちゃんも楓さんに懐いているし、頼りになるお姉さんというのはどの世代でも好かれるんだな。

「さて、積もる話はたくさんあるけどお邪魔虫はそろそろ退散するとするわ。これ以上私がいたらみんなの邪魔になっちゃうからね」

最後にもう一度楓さんの頭をポンッと撫でてから貴音姉さんはランウェイを歩くモデルのように颯爽《さっそう》と俺達の下から去って行った。

「いやぁ……文化祭の時にも思ったけど千空寺さんって本当に超がつく美人さんだよね。ヨッシーってつくづく美少女と縁があるよね。もしかして前世はハーレム漫画の主人公だったりして？」

「あり得る話だね。日本一可愛《かわい》い女子高生の一葉さんに飽き足らず、千空寺さんみたいな人がお姉さん替わりなんて……徳を積んだ上で人生百周しないとありえないよ」

「おい、伸二。いくらなんでも人生百周は言いすぎだろう!?　というかハーレム漫画の主人公ってなんだよ。俺は別にハーレムを作りたいわけじゃないからな？　楓さん一筋だからな？」

やれやれと肩をすくめながら親友が口にしたとんでもないことに思わず俺は反射で言葉を返すが、寒暖差の激しい二つの視線が飛んできて言葉選びに失敗したことを悟る。

「勇也君ったら……こんな人が大勢いるところで〝楓さん一筋だよ〟なんて言わないでく

ださいよ。嬉《うれ》し恥ずかしでギュッてしたくなるじゃないですかぁ」

「ホント、無意識かつ無自覚に甘い言葉を吐き出す癖は直した方がいいと思うよ？　いい加減後ろから刺されることになっても知らないからね？」

楓さんと二階堂の対照的な言葉に背筋が震える俺に出来るのは一秒でも早くこの場を離れることだけ。三十六計逃げるに如かず、こういう時は素直に退散するに限る。

「ちょ、勇也君⁉　逃げるなんて卑怯《ひきょう》ですよ⁉　せめて途中まで一緒に行きましょうよぉ！」

涙声を出しながら腰に縋《すが》りついてくる楓さんのことを俺は心を鬼にして振り払ってエレベータへ乗り込む。貴音姉さんに見惚れていた生徒達が徐々に我に返り、

『あの綺麗《きれい》なお姉さんも吉住の知り合いってマジ？』

『あいつ……やっぱり一度処すしかないな』

『一葉さん、二階堂さん、一年生の宮本《みやもと》さんに続く新たなハーレム要員にお姉さんとは……吉住、やるじゃないか。だが処す』

などと物騒なことを口にしながら血走った眼をしている中に楓さんに抱き着かれてイチ

ヤイチャを始めようものなら京都の朝日を拝むことなく俺は散ることになるだろう。

「はいはい！　ヨッシーに甘えたい気持ちはわからないでもないけど少し落ち着こうね、楓ちゃん。ここは教室じゃないんだからこっそりやらないとダメだよ？」

暴走する楓さんの頭に大槻さんが容赦なく手刀を落として窮地から俺を助け出してくれた。

「うぅ……痛いです。秋穂ちゃんの言う通りで私も反省しますが、少しは手加減してください。目がチカチカします」

「まったく、楓ちゃんは大袈裟《おおげさ》だなぁ。どうせこの後ちょっとしたら夕食でヨッシーとはすぐに会えるんだから行くよ。その前に荷解《にほど》きしたり制服から着替えたりやることたくさんあるんだから！」

それでもなお駄々をこねる楓さんのことを大槻さんはため息を吐きながら首根っこを摑《つか》んでエレベータへと連行する。見かけによらず強引なところがあるんだなと感心している俺の隣にすぅと二階堂が並び、

「……浮かれる気持ちもわかるけど、せめて私の目の届かないところでやってね？　じゃないと……泣きたくなるから」

そう小さく耳元で、今にも泣きそうな愁《うれ》いを帯びた声で呟《つぶや》いてエレベータへと乗り込む。

その背中に手を伸ばしたくなる衝動をすんでのところで堪えて、俺も後に続こうとしたのだが無情にも定員オーバーで伸二とともに取り残される羽目になった。

「ドンマイ、勇也。まぁ時間はたくさんあることだしのんびり行こうよ」

「そうだな。修学旅行は始まったばかりだし慌てることないよな——って俺は別に楓さんとイチャイチャしたいわけじゃないからな⁉」

「断っておくけど僕は何も言ってないからね？　勇也が自滅しただけだからね？　ハァ……京都に来てもいつも通りというか、いつも以上にポンコツというか……この先が思いやられるなぁ」

わざとらしく肩をすくめる親友の頭を叩《たた》きながらエレベータを待つ。お願いだから早く来てくれ。そうじゃないとまだロビーに残っていると嫉妬まみれの同級生達に粛清されてしまう。

＊＊＊＊

私服に着替えて特に何をするでもなくダラダラと部屋で伸二やルームメイトと過ごしていたらあっという間に夕食の時間になった。

「す、すごい……これが一流ホテルのビュッフェか！　選《よ》り取り見取りの取り放題じゃん！　最高かよ！」

「こんな豪勢なビュッフェは初めてだよ……何から取るか迷っちゃうね」

大食堂の前で楓さん達と合流し、中に入るや否《いな》や開いた口が塞がらなくなるほど感動したバカップルの二人がテーブルの確保よりも先にトレイを手に食事を取りに行ってしまった。

「まったく。伸二も大槻さんも大人げないな。料理は逃げたりしないいんだから慌てることないのに……」

「そういう吉住だってさっきからお腹の虫が盛大になっているけど大丈夫？　口から涎《よだれ》垂らしてない？」

テーブルに頬杖《ほおづえ》をつきながら人の悪そうな笑みを口元に浮かべる二階堂。悲しいことに彼女の煽《あお》りに反論することが出来ないくらい俺の腹はぐぅぐぅと空腹を訴えているが、育ち盛りの男子高校生なら致し方ないことだと思う。なにせ目の前には食べなくても美味《おい》しいとわかる豪勢な料理の数々が並んでいるのだ。

「和食、洋食に中華、お肉にお魚、さらにデザートまで全部揃《そろ》っているとは……千空寺ホテル、恐るべしですね」

ぐぬぬと唸《うな》り声を上げながら完敗ですと呟く楓さん。あなたは一体何と戦っているんですか？　まさかと思うが手料理と比べていないよな？　俺の胃袋はとっくに楓さんに掴まれていますよ。まぁこの場では口にしないけど。

「フフフ……ですが料理は食べるまで美味しいかどうかはわかりませんからね。実際に食してその実力を確かめることに致しましょう」

一転して今度はクックックッと喉を鳴らして不敵に笑いだす楓さん。まるで悪の組織のボスみたいな言い草に俺と二階堂は思わず顔を見合わせる。

「ねぇ、吉住。問題ないと思うけど一応聞くね。一葉さん、大丈夫？」

「……多分、大丈夫だと思う。多分な」

「何をしているんですか、勇也君、二階堂さん！　無くなる前に私達も料理を取りに行きますよ！」

珍しく鼻息を荒くした楓さんに俺と二階堂は手を掴まれて伸二達の下へと向かう。

案の定というか、大槻さんは大皿に彩《いろど》りなど一切無視で食べたいものを見境なく載せていたが、伸二がそのバランスを取るように野菜を中心に取っているのが二人らしい。阿吽《あうん》の呼吸というか、本当にお互いのことを理解しあっているんだな。

「勇也君は何が食べたいですか？　せっかくなので色んなものをたくさん食べたいのでシエアしませんか？　ちなみに私はお肉が食べたいです！」

「俺が先に言おうと思ったのに……それなら俺は魚とか取って来ようかな。二階堂はどうする？」

「私は……そうだね、カレーとかあるかな？　あとお蕎麦《そば》とか」

顎に手を当てて真剣な様子で悩む二階堂には申し訳ないと思いつつも俺は我慢出来ずに吹き出してしまった。

「……どうして笑うのさ？　私、何も変なことは言っていないと思うけど？」

「いやいや。こんなにたくさん料理があるのにカレーと蕎麦はないいんじゃないか？」

まぁこういうビュッフェにあるカレーは無性に食べたくなる気持ちはわかるけど。子供の頃に一度だけ、連れて行ってもらったことがあるけど美味しかった記憶はある。あとソフトクリームメーカーとか心躍ったな。

「ソフトクリームメーカーいいよね！　ご飯そっちのけで何回も食べたなぁ……まぁここにはパッと見渡した感じではなさそうだけど」

残念、と二階堂は肩をすくめながら苦笑いを零《こぼ》す。なるほど、王子様はソフトクリームがお好きというわけね。これだけ豪華な品々を前にして食べたいものが庶民的というか欲がないというか。大槻さんとは対照的だな。

「わ、私だってせっかくだから色んなものが食べたいって思うよ？　でもこうもありすぎると何から手を出したらいいかわからなくて……吉住だってそうだろう⁉　そうだって言ってよ！」

「き、気持ちはわかるけどな？　ただこういう時はとにかく食べたいものを優先して取るのが正解だって昔クソッタレな父さんが言っていたから……だから俺は肉を食べるぞ、二階堂！」

そういうわけだからガクガクと肩を摑んで揺らすのは勘弁してほしい。そんなに激しく揺さぶられたら気分が悪くなってせっかくの美味しい食事を満足に食べられないじゃないか。

「安心してください、二階堂さん。さすがにソフトクリームメーカーはありませんがアイスなら食べられるみたいですよ」

「えっ……一葉さん、それは本当？　アイスあるの？」

「はい。デザートコーナーにあるとのことなので一緒に行ってみませんか？　色んな種類があるって給仕《きゅうじ》の方が言っていましたよ」

俺と二階堂が漫才をしている間に楓さんはちゃっかり情報収集していたようだ。抜け目ないなと感心しつつ、それ以上に驚いたのは楓さんから二階堂を誘ったことだ。今までこんなことが一度でもあっただろうか。

「色んな種類のアイスか……いいね、ご飯食べ終わったらぜひ一緒に！　私一人だと恥ずかしかったけど一葉さんがいれば安心だよ」

「私もアイスは大好きなんです。それに一人でたくさん取るのは恥ずかしいと思っていたので丁度良かったです！」

そう言ってお互いに笑顔を浮かべながらトレイに大皿を乗せて料理が待つ大海原へと旅立つ二人。これが修学旅行の魔力なのか、こんな風に二人が仲良さげに並んで歩く光景を目にすることが出来るとは。まぁ単純に美味しい物を前にしたらわだかまりなんてものは関係なくなった線が濃厚だけど。

「何をしているんですか、勇也君？　早くしないと焼きたての美味しいお肉がなくなっちゃいますよ！」

「そうだよ、吉住。私と一葉さんのアイスがなくなったらキミに責任とれるの⁉」

息を合わせてぷんすかと怒る二人に急《せ》かされて俺も急いでトレイを手に取る。デザートも気になるところだが空腹を満たすことを優先に考えよう。食べたことない料理にチャレンジするのもいい。とはいえまずは楓さんの言うようにお肉から。なんてことを考えているとズボンにしまっていたスマホがぶるっと震えた。

「こんな時に誰だ——って、貴音姉さん？」

メッセージを確認すると送り主は貴音姉さんだった。そこに書かれていた内容を見て俺は呆《あき》れて思わずため息を吐く。

『やっほー、勇也。今はビュッフェを楽しんでいる頃かな？　突然で申し訳ないんだけど、ご飯を食べ終わったらホテルの最上階にあるスカイラウンジに来るように！』

まったく。こういう自分勝手なところは大人になっても変わらないな。というかスカイラウンジってこじゃれたBARだよな？　未成年の俺が行っても門前払いをされるのが落ちじゃないか？　そのことを書いて送るとすぐに返信が来た。

『BARと言ってもソフトドリンクもあるし、未成年禁制ってわけじゃないから大丈夫！もし何か言われても私の知り合いってことでねじ込むから安心して来るように！　あっ、もちろん一人でだよ！』

典型的な悪役のような台詞《せりふ》で締めくくられていたメッセージに眩暈《めまい》を覚える。つい数時間前は自分のことをお邪魔虫と称していた人と同一人物とは思えない発言だが、悲しいことにこれが決定事項であり拒否権がないことを俺は知っている。

「安心しろって言われてもなぁ……むしろ不安しかないんだけど」

ノコノコと一人で行ったら何をされるかわかったものじゃない。しかも相手が貴音姉さんとは言えBAR密会するということが楓さんに知られたらどうなるか。結果は火を見るより明らかである。

「……よしっ。何はともあれまずは飯だ。時間はまだあるし、飯を食べてからゆっくり考えよう」

俺はスマホをポケットにしまって現実逃避をすることに決めた。一時間後の自分が妙案を思いつくことを期待しよう。それにそろそろ行かないとアイスに魅了された楓さんと二階堂に射殺されかねないからな。

第4話 ● それぞれの夜

I'm gonna live with you not because my parents left me their debt but because I like you

夕食を食べて一息ついて、現在時刻は20時半を少し過ぎたところ。俺は今、貴音《たかね》姉さんに指定されたホテル最上階にあるＢＡＲに来ていた。

つい十分ほど前、〝社会人の基本は十分前行動だぞ！〟というお怒りのメッセージが届いたので渋々一人エレベータに乗って来たのだが、

「高校生には場違いすぎるだろう……」

俺は最後の一歩が踏み込めず入口で立ち竦《すく》んでいた。落ち着いた雰囲気のオシャレな照明に京都の街並みが一望出来るガラス窓。テーブル席に座っている紳士淑女はみなＴＰＯに即した格好をしている。それに比べて俺はあまりにもラフすぎる。

「貴音姉さんには悪いけどここは勇気ある撤退をしよう、そうしよう。そもそも楓《かえで》さんに黙って来ているのも心苦しい……」

夕食終わりに話そうと思っていたのに楓さんときたら二階堂《にかいどう》、そこに大槻《おおつき》さんも加えた

三人で食事も早々にデザートパーティーを始めてしまった。

その食べっぷりときたら間近で見ていた俺と伸二《しんじ》の胃がもたれるほど。せめてもの救いは結《ゆい》ちゃんがいなかったこと。もしいたらと考えるだけで吐き気がする。

「あぁっ⁉　やっと来たわね、勇也《ゆうや》！　早くこっちに来なさい――――っ‼」

踵《きびす》を返そうとしたところでカウンターに座っていた貴音姉さんに見つかってしまった。アホなことを考えていないでさっさと退散すればよかった。俺は諦めてため息を一つ吐《つ》いてから、意を決してＢＡＲの中へと足を踏み入れた。

「遅いって言われても困るよ。俺にだって色々都合はあるんだよ、貴音姉さん？　風呂《ふろ》にだって行きたいし、消灯時間もあるし……」

「修学旅行の消灯時間なんて破ってなんぼでしょうが！　そんなことよりも勇也も飲めぇ！　そして私の話を聞けぇ！」

駄々をこねる子供のように手足をバタバタさせる貴音姉さん。その手元には空になったグラスが一つ。どうやら俺が来る前からすでに飲んでいたようだ。ただ一杯なのかはわかりかねるが。

「ハァ……わかったよ――すいません。えぇっと……コーラ貰《もら》えますか？」

酔っ払いの隣に腰かけて何か頼もうとメニュー表を見るが、そこに書かれている値段に眩暈を覚える。それを全力で抑え込んで平静を装《よそお》って注文する。

「かしこまりました。少々お待ちください」

そんな俺の内情に気付かないフリをしてくれたのかバーテンダーのお姉さんは笑顔で頷《うなず》いて用意をしてくれた。ビン入りのコーラなんて初めて見た。

「あっ！　お姉さん、私にもお代わり頂戴！　さっきと同じので！」

「フフッ。かしこまりました。でもいいんですか？　せっかく恋焦がれた待ち人さんが来たのに飲みすぎて醜態晒《さら》すことになっても知りませんよ、貴音さん」

「もう！　どうしてそんな意地悪なこと言うのよ⁉　あと別に私は勇也が来るのを待ちわびていたわけじゃないんだからね⁉　言いがかりはやめてちょうだい！」

まるで長年の友人のように仲睦《むつ》まじくワイワイとバーテンダーさんと話す貴音姉さん。まさか俺が来るまでの間に意気投合したんじゃないよな？

「お待たせしました。はい、コーラです。それにしても、まさか貴音さんの待ち人がこんな若い燕《つばめ》だったと。お兄さんが来るまで大変だったんですよ？　お酒の力も相まって愚痴やら惚気《のろけ》話やら横恋慕話やら延々と聞かされて……あっ、ちなみに貴音さんとは今日が初対面よ。よろしくね？」

「ちょ、ちょ、ちょっと⁉　ストップよ、ストップ‼　私は別に惚気とか横恋慕とかそんな話はしていないわよ⁉　まぁ多少の愚痴は話したのは認めるけど……あと私の勇也に色目使わないでくれるかしら⁉」

「あなたのモノになった覚えもないんですけどね？」

「もう、勇也のいけず！　冗談なのに真面目に返さないで！　ほら、そんなことより乾杯するわよ、勇也！」

　強引に話題を変え、唇を尖《とが》らせながらグラスを差し出してくる貴音さん。酔った勢いでどんな話をしていたのか気になるところだが、それを追及するのはグラスを重ねてからでも遅くはない。酔っ払いの相手を真面目にやっていたらちが明かない。

「はいはい。乾杯、乾杯」

　カチンッと甲高い綺麗《きれい》な音色が響き渡る。京都の夜景を横目に見ながら俺はグラスに口を付けた。うん、いつも飲んでいるコーラと味は全く変わらないな。

「こらぁ！　おざなりすぎよ⁉　まぁそれはそれとして乾杯っ！　言った通り私の奢《おご》りだから遠慮しないで飲みなさい！」

「いやいや。未成年に酒を薦めるなよ。というかいきなりどうしたの？　てっきり視察が終わって帰ったと思ったんだけど……」

「あぁ、視察って言うのは嘘《うそ》。私が京都に来たのはお見合いをする為よ」

「…………はい？　なんですって？」

サラッと口にしたけど貴音姉さんは今なんて言った？　お見合い？　わざわざ京都に足を運んで？　ダメだ、頭の中がパニックになって理解が追いつかない。

「何よ、その反応は。前にも言ったと思うけど、私がその気になれば彼氏の一人や二人、すぐに作れるのよ？　というかこの格好を見てあなたはなにも思わないの？」

「そ、それは……」

頬杖《ほおづえ》をつきながらグラスを傾ける貴音姉さんの姿はロビーですれ違った時とはまるっきり別人だった。

それもそのはず。身に纏《まと》っているのは清楚《せいそ》を糸にして織られたような穢《けが》れなき純白のドレス。普段は流している亜麻色の長髪も結い上げたことでおとぎ話に出て来るお姫様のよう。けれどデコルテから胸元のラインは惜しげもなくさらけ出しているので蠱惑《こわく》的な色香も漂っている。

「ほれほら、どうしたの？　勇也の感想を聞かせて欲しいなぁ？　ほれほれ、楓ちゃんに言う感じで教えてよぉ」

「えぇい！　近寄るな、腕に絡《から》みつくな、胸をくっつけるな！　すごく綺麗です！　それこそ女神様って言われても信じるくらいの絶世の美女です！　あぁもう！　これで満足で

すか⁉」

燃えるように熱くなった身体《からだ》を冷ます為にビンに残ったコーラを一気に呷《あお》る。それでもなお収まらないので追加を頼む。なにが楓さんに言うのと同じ調子で言えだ。そんなの無理に決まっているだろうが。

「あっ、うぅ……そ、そう。私、そんなに綺麗なのね……えへへ。もう、勇也ったら口が上手《うま》くなったわねぇ！　お姉ちゃんは嬉《うれ》しいぞ！」

上機嫌になった貴音姉さんはお酒を頼みながら俺の脇を肘でウリウリと突いてくる。これだから酔っぱらいは困る。というかやっぱり俺が来る前に何杯も飲んでいたな。上品なアルコールの匂いがほんのり漂っている。

「そ、それで……お見合いはどうだったの？　上手くいった？」

「んんっ？　私のお見合い結果が気になるのかニャァ？　どうしても気になるって言うなら教えてあげなくもないんだけどニャァ……？」

「……部屋に戻るわ」

うん、めんどくさいな。結果は気になるがこれ以上酔っぱらいの相手をするのは時間の無駄だ。明日に備えて大浴場でのんびり休もう。

「あぁ、もう！　冗談よ、冗談！　だから怒らないで、勇也！　ちゃんと教えてあげるから！　だから席について！　もう一度乾杯しよう？　ねっ？」

立ち上がる俺の腕にしがみついて泣き言を言ってくる貴音姉さんをひと睨《にら》みしてから俺はしぶしぶ腰を戻す。

「安心していいわよ、勇也。お見合いなら無事ご破談になったから。まぁ最初から断る気だったから当然なんだけど」

「断る気ならそもそもどうして話を受けたのさ？　最初から断ればよかったんじゃ……？」

「そこはほら、あれよ。大人の事情ってやつよ。しつこいくらい誘われてその都度断って来たんだけど、先方が老舗旅館の御曹司ってこともあってお父さんの立場的に無下に出来なくてね。それで仕方なくよ」

吐き捨てるように言ってグラスを呷る貴音姉さん。なるほど、同じ業種の跡取り同士の縁談だったということか。それにしても相手の希望で実施されたのならわざわざ貴音姉さんが京都に来るのは何かおかしくないか？　こういう場合、相手が東京まで足を運ぶものなんじゃ？

「あぁ、それにはちゃんと理由があるわよ。もちろん、ホテルの視察じゃないちゃんとした理由がね」

口元に艶のある笑みを浮かべながら静かにグラスに口を付ける貴音姉さん。清楚なドレスとは対照的な妖艶《ようえん》な仕草には楓さんにない耽美《たんび》さがあって思わず心臓がドクンッと跳ねる。

「も、勿体《もったい》ぶってないで教えてよ。何だよ、その理由って」

頰が熱くなっているのを悟られたくなくて顔を逸《そ》らしながらぶっきらぼうに尋ねる。そんな俺のささやかな抵抗を上から叩《たた》き潰すかのように貴音姉さんはすぅと腕を伸ばして手を握ってきた。

「フフッ。それはね……あなたが京都に来ているからよ、勇也。わざわざ京都に足を運ぶ理由なんてそれだけで十分だわ」

「え、えっと……貴音姉さん？　それは理由になっていない気がするんだけど……？」

口から心臓が飛び出そうになるのを必死に堪《こら》えると同時に、火照《ほて》った身体にひんやり冷たく柔らかい手の感触に意識を向けないように心がける。

そんな本日二度目のパニックに見舞われている俺のことなどお構いなしに貴音姉さんはふわりと微笑《ほほえ》んでからグラスを揺らしながら最後の爆弾を投下してきた。

「私にとってはそれで十分なのよ。だって私——勇也のことが好きなんだもん。世界中の誰よりもね」

奇《く》しくもそれは一年前、星空の下で俺が楓さんに告白した時に使った台詞《せりふ》と同じものだった。いや、そんなことはどうでもいい。

「えっと……貴音姉さん、今のは聞き間違えだよね？　俺のことを好きだって——冗談だよね？」

「冗談でこんなこと言うはずないでしょう？　私は本気よ、勇也。私は本気であなたのことが好きなのよ。それこそ私の婿として千空寺《せんくうじ》家に迎え入れて一生を添い遂げたいくらいにね」

「貴音姉さん……」

見たことないくらい真剣な表情かつ熱のこもった瞳を向けられて俺は思わず生唾を呑み込む。俺を婿に迎えるって、言っていることが楓さんと全く同じじゃないか。

「文化祭の時、〝今幸せか〟って聞いたわよね？　それを聞いた本当の意味はね……私があなたのことを幸せにするってずっと前から思っていたからよ」

「そんな……どうしてそこまで俺のことを……？」

「人が人を好きになるのに理屈なんてないのよ、勇也。でもそうね……どうしてこんなにあなたのことが好きになったのかは説明出来るわ」

そこで一度言葉を切り、覚悟を決めるように大きく深呼吸をしてから貴音姉さんは俺の目を見てこう言った。

「どんなに苦しくても前を向いて強く生きようとするあなたの姿に私はどうしようもないくらい惹《ひ》かれたのよ。だから私はあなたが苦しまず、心からたくさん笑えるようにしてあげたいと思ったの。残念ながらその役目は楓ちゃんに取られちゃったけどね」

「…………」

そう言って笑う貴音姉さんだが、しかしその表情には哀愁と後悔が漂っていた。俺は胸と目頭が熱くなって言葉を返すことが出来なかった。この人がそんな風に思っていてくれたなんて知らなかった。

「でも楓ちゃんと一緒にいる勇也を見て、この子なら勇也を任せても大丈夫って確信したわ。ただだからこそ、彼女が私と同じ道を歩もうとして驚いたわ。その後押しを勇也がしたってことにもね」

「それは……」

「わかっているわよ。高校を卒業して、この先もずっと二人一緒にいる為の選択なんでしょう？　だから勇也は自分の心を殺して楓ちゃんの背中を押した。違う？」

その通りだった。貴音姉さんの指摘は何から何まで全て正しかった。悩み抜いた末に楓さんが決めたことだから俺はその決断を尊重した。そして留学するまでにたくさんの思い出を創ろう、海外に行ったとしても卒業するまで一度も会えないことはない。だから離ればなれになっても大丈夫。そう思っていたけど、本当は——

「頭ではわかっているけど心が拒絶しているんでしょう？　でもそれはきっと楓ちゃんも同じはず。彼女も心のどこかでまだ悩んでいる」

「……楓さんも？」

もしかして最近の過激なスキンシップはこれが理由なのか？　言われてみればこの話をしてからおかしくなったよな。

「まだ時間はあるから自分に正直になって、ちゃんと二人で話し合いなさい。今のあなた達ならそれくらいきっと出来るわ。二人の将来の為のよりよい選択をするの。いいわね？」

「うん……わかった。ありがとう、貴音姉さん」

「フフッ。わかればいいのよ。さてと、なんか真面目な話をしたら酔いがさめちゃったわ。勇也、今夜はとことん付き合ってもらうわよ！」

話は終わり。そう言わんばかりに満面の笑みを咲かせた貴音姉さんがバーテンダーのお姉さんに追加のお酒を頼もうとするが、時計を見るとそろそろ戻らないと風呂《ふろ》に入れなくなる時間だ。

「これ以上男子高校生の貴重な青春を奪ったらダメですよ、貴音さん。というかちょっと飲みすぎです。今日はこのくらいにしておかないと明日に差し支えますよ？」

「やぁだぁ！　止めないでぇ！　勇也と私の逢瀬《おうせ》の邪魔をしないでぇ！」

再びジタバタと暴れる貴音姉さんの肩をポンと叩いて慰めるバーテンダーさん。このまま立ち去るのはほんのわずかに申し訳なさがあるけれどここは涙を呑んで退散するとしよう。

「色々ありがとう、貴音姉さん。あと……嬉しかった。ありがとう」

「……どういたしまして。楓ちゃんと末永くお幸せに」

カランッと氷が弾《はじ》ける音を聞きながら俺はBARを後にする。自分でも気付かないうちに心の中に溜《た》まっていたシコリが溶けていくのを感じるのだった。

＊＊＊＊

「ねぇねぇ、楓ちゃん。千空寺さんっていったいどんな人なの？」

夕食をたっぷり堪能《たんのう》して――美味《おい》しくて些《いさ》か食べすぎてしまいました――部屋に戻ってくつろいでいると、不意に秋穂《あきほ》ちゃんが貴音さんについて尋ねてきた。

「私も知りたいな。文化祭の時に吉住《よしずみ》から〝昔馴染《むかしなじ》みのお姉さん〟としか聞かされていないから興味あるんだよね」

お風呂セットを手にした二階堂さんも話に加わる。でもどういう人かと言われると何と答えたらいいか悩みますね。

「そうですね……ロビーでも勇也君が話していたと思いますが、貴音さんは千空寺ホテルグループの社長令嬢で勇也君とは彼が小学生の頃からの付き合いです。まだ独身で絶賛彼氏募集中、ってところですかね？」

我ながら大分適当な説明ですが、端的に貴音さんのことを表現するならこれくらいが妥当だと思います。

「ほへぇ……千空寺さん程の美人さんが彼氏募集中とは世の中は不思議だね。このホテルを経営している会社の社長令嬢だったとは。社長令嬢って漫画の中だけの話じゃないんだね」

「それを言ったら秋穂ちゃんの目の前にいる私だって一応は社長令嬢ですからね？　忘れないでくださいね？」

「一葉《ひとつば》さんっていう一番身近にいる社長令嬢が自由奔放な恋愛をしているのがむしろ例外なのかもしれないね。もしかしたら千空寺さんに恋人がいないのって親が決めた許嫁《いいなずけ》がいるかとかじゃない？」

今時あり得ないか、と苦笑いを零《こぼ》して自分の発言を否定する二階堂さん。我が一葉家も創業者一族が会社を経営しているという点において千空寺家と同じですが、お父さんもお爺《じい》ちゃんも好きな人と恋愛して結婚している。だから許嫁なんて話はそれこそ秋穂ちゃんの言う通り漫画の中だけの話だと思います。

「それにしても、千空寺さんの吉住に対する距離感は知り合いのお姉さんにしては近すぎな気がするけど、その辺り一葉さんはどう思っているの？」

「確かに！　いつもの楓ちゃんなら激おこぷんぷん丸になってヨッシーから離れるように強く言うと思うんだけど今日はそこまでじゃなかったよね」

二階堂さんの素朴な疑問に秋穂ちゃんが追随する。いつも私が激おこぷんぷん丸になっているかはどうか別にして、確かにもしも相手が結ちゃんや二階堂さんだったら大暴れしていたと思いますが相手が貴音さんなら話は別です。これから色々お世話になりますし、何より貴音さんにとって勇也君は――

「まぁヨッシーと千空寺さんの話はこのくらいにしておいて！　夕食も食べたことだしそ

ろそろお風呂に行かにゃいかい⁉　パンフレット見たらこの大浴場、色々設備が整ってい

てすごいみたいだよ！」

　半ば強引に秋穂ちゃんが話題をガラリと変える。現在時刻は20時半を少し過ぎたところ。明日に備えて大浴場で一日の疲れを癒《いや》したいですし、何より消灯時間前に勇也君と会って少しお話をしておやすみのハグとキスをしなければ！

「そうですね。せっかくなので大浴場に行きましょう！　内風呂《うちぶろ》もいいですがやっぱりのんびり湯船に浸《つ》かりながら足を伸ばすのが一番です！」

「お風呂に行くのは私も賛成だけど……ねぇ、一葉さん。吉住と千空寺さんって本当にただ仲が良いだけなの？　もしかして千空寺さんって吉住の──」

　二階堂さんがどこか不安気な声音で尋ねてきた。その瞬間、部屋の中の温度が急激に下がった気がした。きっと秋穂ちゃんも同じことを考えていたのだろう。貴音さんほどの綺《き》麗《れい》な女性と小さい頃から知り合いなら、勇也君の初恋の人になってもおかしくはない。そしてそんな人と最近になって再会したら──なんて考えるのも無理はない。

「心配ありませんよ、二階堂さん。それは絶対にありえませんから。貴音さんと勇也君に限っては特に」

「それは……凄《すご》い自信だね」

「勇也君は私にぞっこんですからね！　と言えたらいいんですけどちょっと違います。貴音さんは勇也君の幸せを誰よりも願っている優しいお姉ちゃんなんです。だから勇也君が不幸になるような選択はしませんよ、絶対に」

話しながら私は貴音さんとの会話を思い出す。

回想始め

「うん、成績は問題なさそうね。まずは全科目このまま落とさずに維持すること。英語はネイティブ並みに喋《しゃべ》れるように大変だけどこれから訓練していきましょう。あとは小論文の対策だけど……これぱっかりは慣れるしかないから数をこなすしかないわ」

「お仕事で忙しいのに色々相談に乗ってくれてありがとうございます、貴音さん」

勇也君が部活で汗を流しているとある週末の昼さがり。

私は貴音さんと喫茶店【エリタージュ】でコーヒーを飲みながら高校卒業後の進路について相談していた。海外留学と一口に言っても大学は星の数ほどあるし、日本の大学受験と違って試験内容も随分異なる。

「日本の大学は〝入学が難しいけど卒業は簡単〟って言われているけど、海外の大学は真逆で〝入学は容易《たやす》いけど卒業が大変〟なのよね。ただそうは言ってもトップレベルの大学にもなれば世界中の成績優秀者が受験するから入学するのも大変なんだけどね」

苦笑を浮かべて話しながら貴音さんはコーヒーに口を付ける。海外留学すると口で言うのは簡単だけどその門戸は恐ろしく狭い。私は改めてそのことを痛感しながら、しかしそれでも未来の為《ため》に頑張るしかない。

「まぁ楓ちゃんなら大丈夫だと思うわよ。成績は当時の私よりもいいし英会話の下地もちゃんとある。鬼門は論文と面接だけど、これも対策さえすれば何とかなるわ」

「なるほど……」

論文と面接の内容は自分がこれまで何をしてきたか、そして学校で何を学び、将来何を成したいかを具体的に語ることが求められるという。私にとってはこれが一番の鬼門になりそうですね。

「でも本当にこの選択でいいの、楓ちゃん？　勇也を置いて海外留学して……私が言うのもなんだけど後悔しない？」

突然神妙な顔になって貴音さんが私の決断に迷いはないか尋ねてきた。後悔がないかと言われれば嘘《うそ》になるし今だって迷いもある。だからこそ将来、この選択が間違いじゃなかったと言えるように頑張るだけだと思っている。

「貴音さんは海外留学をしたことを後悔しているんですか？」

「……そうね。海外留学したこと自体は後悔してないわ。ただ勇也のことを放ってしまったことは悔やんでも悔やみきれないわね」

「勇也君を放ったことを？」

「そう言えば話していなかったわね。私は勇也の両親が借金をしていた原津《はらつ》組の組長の孫なのよ。あっ、これはトップシークレットだから内緒でお願いね？」

サラッと笑顔でとんでもない情報を聞かされた気がする。衝撃の事実に驚愕《きょうがく》している私をよそに貴音さんは話を続ける。

「そういうわけだから勇也の両親の借金のことは知っていたわ。返済や取り立ても穏便にしてほしいってお願いもした。まぁそれでも借金は膨らむ一方だってことは貴《たかし》さんから聞いていたから、最終的には勇也を私の婿に迎え入れて借金をチャラにする予定だったんだけど……誰かさんに先を越されちゃったわ」

私の脳の処理能力が限界を超えた。ちょっと待ってください、今貴音さんはなんて言いましたか？　勇也君を婿に迎える？　私に先を越された？　つまり貴音さんは勇也君のことが――？

「フフッ。ご明察の通り、私にとって勇也は弟みたいな子であると同時にとっても大好きな男の子なの」

「もしかして勇也君は貴音さんの初恋……ですか？」

「ん……どうかな？　初恋と言われればそうかもしれないわね。ただ子供の頃から知っていて、両親のせいで苦労しているのにいつも明るくて元気で前向きに頑張っていて……だから気が付いたらこの子は私が守ってあげないと！　って思うようになったのよねぇ」

「その気持ち、すごくわかります！　勇也君って庇護《ひご》欲をそそるというか、守ってあげたくなっちゃうんですよね！」

勇也君は私のことを子猫みたいだねとよく言うけれど、私に言わせれば勇也君こそ子猫要素満載だ。寂しがり屋で甘えん坊なのに素直に甘えて来ないくせに、私が両手を広げると恥ずかしがりながら抱き着いてくる。そして絶対に口には出さないけどおっぱいが大好きなところも子供っぽくて可愛《かわい》いからつい意地悪したくなる。

「そういう甘えたがりな所は昔から変わっていないのね。それにおっぱいが大好きなところも。子供の頃はよく私に抱き着いて一緒に寝たりしたけど可愛かったなぁ」

「もしかして勇也君の抱き着き癖はその頃からですか？」

私も寝ていると勇也君に抱き着く癖があるけれど、勇也君も私を抱きしめたら離してくれない。それどころか私の胸の中に顔を埋《うず》めて幸せそうな寝息を立てるのでついつい頭を撫《な》でて愛《め》でたくなってしまうのだ。

「もう、あのむっつりスケベめ！　胸の中に顔を埋めて寝る癖は治ってないどころか悪化しているとは……まぁ楓ちゃんのおっぱいならそうなるのも無理もないか」

そう言いながら私の胸を凝視して来る貴音さん。その視線に危険な香りを感じた私は思わず両手で隠しながら身体《からだ》を逸《そ》らす。

「あぁっと、話が横道にだいぶ逸れたわね。私の後悔って言うのはね、自分の手で勇也を幸せにしてあげられなくなってしまったことなの。海外留学しないで日本に留まっていれば勇也の窮地を助けてあげられたんじゃないか。彼の笑顔や優しさを独占出来たんじゃないか。悔やんでも悔やみきれないわ」

「貴音さん……」

勇也君に対する深い愛情を滲《にじ》ませつつ、悔しいような悲しいような。感情が入り乱れた複雑な笑顔を浮かべる貴音さんに、まるで鏡の中の〝ありえたかもしれない〟自分を見ているみたいで胸が痛くなった。

「誤解しないでほしいのは、別に勇也を獲《と》られたって思っているわけじゃないの。昼ドラにありがちな〝この泥棒猫！〟なんて思っていないから。文化祭の時、楓ちゃんと一緒にいる勇也を見て確信したわ。この子となら勇也は幸せになれるって。でもだからこそ、勇也を一人にする決断をした楓ちゃんが心配なの」

勇也君に限って何かあるとは思えないけど世の中に絶対はない。貴音さんはそこを心配しているのかもしれない。

「もちろん不安がないと言えばウソになります。でも私が勇也君とこの先も肩を並べて一緒に歩いていく為には必要なことだと思うんです」

お母さんのように公私ともにお父さんを支えたい。メアリーさんのように世界を股にかけて活躍するカッコイイ女性になりたい。そして代々受け継がれてきた会社をより大きくする為に海を渡った貴音さんのようになりたい。

「ハァ……楓ちゃんには敵《かな》わないわ。愛してやまない男と添い遂げる為にあえて離れ離れになる選択をするんだもの。勇也はその辺りのことはなんて言っていたの？」

「はい。さすがの勇也君も驚いていましたがちゃんと思いを伝えたのでわかってくれたと思います。ただ……」

一抹の不安があるとすれば、私の決断を尊重して背中を押してくれたけど心の奥に眠っている本音が聞けていないことだ。それは勇也君自身も気付いていないものなので問い詰めたところで意味はない。

「楓ちゃんの考えすぎの可能性もあるから何とも言えないけど、その辺りのことは私の方で何とかしてみるわ」

「ありがとうございます。きっと私より貴音さんの方が勇也君も本当の気持ちを話しやすいと思うので……どうかよろしくお願いします」

「お姉さんに任せなさい！　それはそうと、気になっていたことがあるんだけど聞いてもいいかしら？」

ドンッと胸を叩《たた》く貴音さんがまたしても話をガラッと変えてきた。私に答えられる内容なのだろうか？

「楓ちゃんと勇也って……その、大人の階段はもう登ったの？」

「……はい？」

頬を赤らめながら尋ねてきたのはまさかの夜の事情でした。

回想終わり

「一葉さんといい千空寺さんといい……本当に吉住は愛されているね」

「幸せを願っているなんて中々口に出せないし、それが本心から出た言葉だってわかるくらい思われているのは愛されている証拠だね！」

特攻フェロモンでも出ているのかな？　と言って秋穂ちゃんは笑う。フェロモンとは言い得て妙かもしれません。その場合勇也君から出ているフェロモンは――

「あれだね、ヨッシーから出ているのは同世代や年上には母性をくすぐる系のやつで、年下には頼りになるお兄ちゃん系の二つのフェロモンだね。間違いないっ」

「それだとラブコメ漫画に出てくる無自覚でハーレムを作る主人公だよ、秋穂。いくら何でもそこまではいかないんじゃないかな？」

秋穂ちゃんの言いようにさすがの二階堂さんも苦笑いを浮かべて否定するが、あながち間違いとは言い切れないのが勇也君の怖い所です。

結ちゃんも何だかんだ言いながら懐《なつ》いていますし、梨香《りか》ちゃんは将来の夢は勇也君のお嫁さんと言うくらいですからね。そしてこの部屋の中には私以外にもう一人、勇也君のことが大好きな人が――

「いやいや！　あぁ見えてヨッシーは無自覚かつ全方向に好意を振りまく天然のスケコマシだよ！　間違いない！」

「そうだね……うん、まったく……優しすぎるんだよ、あいつは」

秋穂ちゃんの言葉に肩をすくめて深いため息を吐きながら同意する二階堂さん。しかし言葉とは裏腹に彼女の表情には怒りがなく、むしろ悲哀と恋慕を感じたのは私の気のせいだと思いたい。

「ヨッシーの話はこのくらいにして、そろそろお風呂《ふろ》に行こうよ！　大浴場で背中を流しっこしよう！」

「はしゃぐ気持ちはわかるけど、泳いだりしないでね、秋穂？」

二階堂さんの懇願が部屋の中に虚《むな》しく響く。いくら何でも湯船でバタ足をしたりしないですよね、秋穂ちゃん？　あと背中を流しっこするのはいいですがセクハラは許しませんからね。

「それはあれかにゃ、自分の身体をまさぐってもいいのはヨッシーだけってことかにゃ⁉︎　あっ、もしかして楓ちゃんとヨッシーはついに──⁉︎」

「ついにって……ももも、もしかして一葉さんと吉住は──⁉︎　え、そういうことなの⁉︎」

秋穂ちゃんの妄想に動揺した二階堂さんが突然私の肩を摑《つか》んでガクガクと揺らしてきた。なるほど、確かにこれは勇也君の言う通り脳が震えますね。

「お、落ち着いてください、二階堂さん！　私と勇也君はまだそういうことはしていませんよ⁉︎　でもだからと言って身体をまさぐらないでくださいね、秋穂ちゃん！　そんなことをしたらどうなるか……わかりますね？」

「えぇ？　わからないなぁ？　もし楓ちゃんのおっぱいとかお尻とかモミモミしたらどうなっちゃうのかなぁ？」

ニシシと下品な笑みを浮かべながらセクハラ親父《おやじ》も真っ青の発言をする秋穂ちゃんに私は満面の笑みでこう言った。

「私も容赦なく秋穂ちゃんの身体をまさぐります。それも一生忘れられないくらいの快楽を刻んであげるので覚悟してくださいね？」

撃っていいのは撃たれる覚悟がある奴《やつ》だけという名言があるように、身体をまさぐっていいのはまさぐられる覚悟がある人だけです。

「ま、まぁヨッシーのことは一旦忘れるとしようか！　ジェットバスとかサウナとか色々あるみたいだから満喫しようね！」

強引に話を終わらせた秋穂ちゃんは荷物を手に逃げるように部屋を出ていく。私と二階堂さんは顔を見合わせて苦笑いを零《こぼ》してからその背中を追って大浴場へと向かった。

私達が宿泊している【ホテル風雅園《ふうがえん》】の大浴場は地下1階にある。京都の優雅な夜景を見ることが出来ないのは少し残念だけど、その分サウナやスパを受けられるトリートメントなど最高級の設備が設けられている。

「うわぁ……こんな大きくて綺麗《きれい》なお風呂見たことないよ！　もしかしてここが夢の楽園

ってやつなのかな⁉」

　恥じらうことなくパッパッと服を脱いで大浴場に足を踏み入れた秋穂ちゃんはキラキラと目を輝かせながら開口一番そう言った。

「秋穂ちゃん、気持ちはわかりますけどタオルで身体を隠してくださいね？」

「一葉さんの言う通りだよ、秋穂。いくら男子がいないとはいえキミのそれは同性の私にとっても目に毒だ。それともなに、立派なものを見せつけているのは持たざる者への嫌味？　少しくらい分けてくれ」

　やれやれと肩をすくめながら、しかし殺意を身体から立ち昇らせた二階堂さんが秋穂ちゃんに笑顔でタオルを押し付ける。その威圧に屈した秋穂ちゃんは壊れた人形のようにコクコクと頷《うなず》いて大人しく身体をタオルで隠す。

「で、でもでも！　哀《あい》ちゃんは今のままで十分だと思うよ⁉　大きすぎず小さすぎず、それでいて形の綺麗な美乳はまさに奇跡の産物。引き締まったクビレといい最高だよ！」

　熱のこもった視線で力説しながらは秋穂ちゃんは二階堂さんに密着する。何だろう、あの二人の空間に百合《ゆり》が咲き誇っているように見えるのは気のせいでしょうか？

「そ、それを言うなら一葉さんの方が凄《すご》いと思うけど？　ほら、見てみなよ。あの人間離れしたプロポーションを。憧れるなぁ」

「哀ちゃんの言う通りだね。いやぁ……夏の水着でも思ったけど本当に楓ちゃんはスタイルいいよね。女の私でも惚《ほ》れ惚《ほ》れして見惚《みと》れちゃうね！」

「ツンと上向いた胸にハリとツヤのある肌。流線的なボディラインに安産型のお尻。男好きする身体だよ、あれは」

感想はとても嬉《うれ》しいですがジロジロ身体を見られるのはやっぱり恥ずかしいです。そもそも二人して私のことを褒めますが秋穂ちゃんも二階堂さんだってとっても魅力があります。

秋穂ちゃんは合法ロリ巨乳で私以上の果実の持ち主。そこにムチっとした身体つきも加わってさぞかし抱きしめたら夢心地に浸れるだろう。

二階堂さんは日々のバスケで引き締められた無駄のない肢体がとても美しい。それでいて出るところはちゃんと出ているので完成された美というのがあるならそれは彼女のことを言うと思う。そして秋穂ちゃんの言う通り胸の形はお触り厳禁の芸術品みたいに惚れ惚れしてしまうほど美しいです。

「峰不〇子に匹敵する一葉さんの身体を好きに出来る男は間違いなく世界一の幸せ者ね。それだけで吉住は人生の勝ち組だよ」

「哀ちゃんの言う通りだよ。でもこの最上級の肉体を持つ楓ちゃんと一つ屋根の下で暮らし始めてもうすぐ一年なのにまだそういうことをしていないのは驚きだけどね。私はてっきり卒業しているかと思っていたよ」

「勇也君の理性君は想像以上に固いんです。私が何度お誘いしても絶対に最後のラインは踏み越えようとしないんです。大切にしてくれている証拠ではありますが、自信無くしちゃいます」

「はいはい。そういう話は部屋に戻ってから、出来れば私が寝た後にしてくれると助かるかな」

そうぶっきらぼうに言い、二階堂さんは私達の下から離れてシャワーで身体《からだ》を流し始める。やってしまったと天井を見上げた秋穂ちゃんはすぐさまその後を追いかける。私も反省しないと。

「楓ちゃん、私達も行こうか！　色々複雑な事情があるのはわかっているけど、せめて修学旅行中は忘れて良い思い出をたくさん作るようにしようね！」

「……はい。ありがとうございます、秋穂ちゃん」

ポンと背中を叩きながら秋穂ちゃんに促され、私は一つ深呼吸をしてからその後を追う。

同じ人の、同じところを好きになった者同士、二階堂さんと友達になりたいと思うのは私のわがままなのだろうか。そんなことを頭の片隅で考えながら私は頭からシャワーを浴びる。

この後、宣言通り覚悟を決めた秋穂ちゃんに背中を洗うついでにセクハラをされ、何故《なぜ》かむくれ面な二階堂さんに胸を愛撫《あいぶ》され、愛撫し返して、大浴場に桃色な声が響き渡りそうになったのは勇也君には内緒の話です。

＊＊＊＊

貴音姉さんとの密会を終えた俺は急いで部屋に戻って大浴場で一日の汗と一緒に様々な感情を洗い流した。

貴音姉さんにスカイラウンジのＢＡＲに呼ばれたことを楓さんに伝えていないことでさえ心苦しいのにまさか告白されるとは思ってもみなかった。

突然海外の大学に進学していなくなったかと思えばふらりと帰って来てサラリと長年の思いを告げるなんて卑怯《ひきょう》すぎる。それならどうして俺のそばから――

「ハァ……最低だな、俺は。少し頭を冷やしに行くか」

「――私もご一緒してもいいですか、勇也君？」

聞き慣れた声に名前を呼ばれて振り返ると浴衣《ゆかた》姿の楓さんが笑顔で立っていた。湯上がりなのだろうか、肌はほんのり上気しており髪もしっとり濡《ぬ》れているのが遠目からでもわかる。いつもの可愛《かわい》いモコモコパジャマとはまるで違う、全身から立ち昇る色香はとても女子高生のそれとは思えない。

「どうしたんですか、ぼぉーとして？　もしかしてのぼせちゃいましたか？」

「あ、あぁ……ちょっと長湯しちゃってさ！　だからちょっと身体を冷やそうと思ってさ！」

「あれれ、おかしいですね？　勇也君は一人でお風呂に入る時は決まって烏《からす》の行水なはずなのに長湯だなんて……」

フフフッ、と人の悪そうな笑みを浮かべる楓さん。ぐぬぬ、俺の心情を全てわかった上でとぼけた顔をしている。

楓さんと一緒に入る時はその限りではないが、確かに俺は普段一人で風呂に入る場合は長湯をする方ではないので嘘《うそ》だってことはすぐにバレるのも当然と言えば当然だが、そこは流してほしかった。

「もしかして……私の浴衣姿に見惚れちゃいました？　素直に教えてくださいよぉ」

腕を絡《から》めてきながら頰をツンツンと突いてくる楓さん。年相応の可愛《かわい》い仕草と年不相応な色気のギャップの連打に勝てる見込みは皆無。俺は早々に白旗を上げることにした。

「ええ、そうですよ！　もしここがホテルのロビーじゃなくて家だったらベッドに押し倒したくなるくらい色気たっぷりなお風呂上がりの楓さんの浴衣姿に見惚れていました！　これで満足ですか？」

ただし、最後に一矢《いっし》報わせてもらうけどな。もちろん、今の言葉に嘘はない。楓さんの浴衣は欲情を搔《か》き立てるには十分すぎる破壊力を有している。

思い返せば楓さんのお風呂上がりの浴衣を見るのはこれで二度目、楓さんのご両親に挨拶する為に旅館に泊まった時以来になる。その時は鎖骨がはっきり見えるくらい胸元をはだけさせていたが今日はさすがにきっちり締めている。それでも色々隠せていないどころか色欲を刺激する結果になっているのは日本一可愛い女子高生たる所以《ゆえん》だろう。

「も、もう……お家《うち》だったら押し倒したくなるだなんて勇也君のエッチ。でもそういうことでしたらお家でもパジャマ代わりに浴衣を着るのもありですね。そうしたら勇也君に……ぐへへ」

言いながら、口元からよだれを垂らしかねないほどだらしのない表情を浮かべる楓さん。妄想に浸るのは大いに結構だが、家で風呂上がりにパジャマではなく浴衣を着てベッドに現れても押し倒したりはしないからな？　俺にそんな度胸があればすでに——って何を考えているんだ、俺は。

「勇也君が浴衣フェチなことがわかったところでガーデンスペースに涼みに行きましょう！」

「俺は別に浴衣フェチなんかじゃないからね⁉　あといくら人が少ないからってちょっとくっつきすぎだと思うんだけど……」

口にはしないが腕に当たる感触が柔らかくて心が乱される。これはきっと浴衣の布が薄いだけじゃない。恐らく今の楓さんは——

「フフッ。ご名答です。今の私は……ノーブラです」

ふぅと耳元で甘い吐息とともに囁《ささや》かれて声にならない悲鳴と一緒に心臓が飛び出そうになる。夜は着けない派だからもしかしたらと思ったが、まさか本当にノーブラだったとは。ってこら、どうして胸元に手をかける⁉　どうしてゆっくりとはだけさせて果実の皮を剝《む》こうとする⁉

「知っていますか、勇也君。こういうのをおっぱいチャ——」

「ストー————ップ‼　それ以上は言わせないしさせませんよ⁉」

「ストップなんて言いながら視線が私の胸元に釘付《くぎづ》けになっているのはどうですか？　ね

え、どうしてですか？」

グイグイといつも以上に胸を腕に押し当てて密着して来る楓さん。この乳圧に屈したら最後、奈落の底へ真っ逆さまだ。

「そ、そういうことをするなら俺は部屋に戻るからね！　というか戻って寝る！」

「あぁ、勇也君のいけずぅ！　ちょっといじめすぎたことは謝りますから少し涼みましょうよ！」

涙目になってしがみついてくる楓さんを無下にすることは出来ず、結局腕を組んでガーデンスペースに行って消灯時間ぎりぎりまで京都の星空を眺めながら涼んだ。

第5話 ● 波乱の修学旅行

迎えた修学旅行二日目。京都を自由に散策出来る待ちに待った一日ということもあり、みな朝から活気だっていた。それは我が班も同様で大槻《おおつき》さんはパンを齧《かじ》りながら、二階堂《にかいどう》はフルーツ入りのヨーグルトを食べながら話に花を咲かせていた。

「ねぇ、秋穂《あきほ》。今日はどこから回る予定なの？」

「まずは学問の神様で有名な北野天満宮に行って、そこから清水寺の方までバスで移動して昼食。清水寺を回ったら電車とバスを乗り継いで伏見《ふしみ》稲荷《いなり》大社《たいしゃ》に行くって感じだよ！　金閣寺・銀閣寺にも行きたかったんだけど時間が足りなくなりそうでね。その代わり、清水寺周辺にある八坂神社とか建仁寺《けんにんじ》とかには寄れるかも！」

モグモグと焼きたてのロールパンを食べながら今日の行動予定を早口でまくし立てる大槻班長。見えないところで色々調べて準備してくれたことを改めて感謝しないとな。

「だから言ったでしょう、勇也《ゆうや》。秋穂はやる時はやるんだよ」

「あぁ、本当に伸二《しんじ》の言う通りだったな。まさかここまでバッチリ調べているとは思わなかったよ」

京都散策でどこを回るかはみんなで相談して決めたけど、当日のことは正直何も考えていなかった。まさかここまでバッチリ考えていようとは思いもよらなかった。さすがは我らの班長と言ったところか。

「色々大変だったんだよ？　どの順番で回ったら一番効率的か、一つでも多く回るにはどうしたらいいか、その為の移動方法を電車・バス・徒歩から取捨選択したり……いやぁ、久しぶりに秋穂の本気を目《ま》の当たりにしたね」

その時のことを思い出したのか伸二の表情に苦労の色が滲《にじ》み出る。

「なるほど。その口ぶりから察するに今日の予定の策定にはお前も一枚噛《か》んでいるみたいだな」

「秋穂一人に任せていたらすぐに煮詰まっちゃってパンクするのは目に見えていたからね。徹夜で夜なべして倒れでもしたら本末転倒でしょ？」

「それはそうだけどさ。そもそも徹夜してまで考えることでもないだろう？　むしろそれをやるくらいならみんなに相談したらよかったんじゃ……」

「だから言っただろう？　秋穂は責任感が強いから班長に向いているって。まぁ何でも一人で考えようとするのは彼女の悪い癖だけどね」

悪い癖ですら好きなところの一つになっているのだろう、話しながら親友はチラリと大槻さんに視線を向けながら笑みを零《こぼ》す。

「フッフッフッ。思い知ったか、ヨッシー！　私とシン君が本気を出せば完璧な京都案内の計画くらい簡単に作ることが出来るんだよ！」

「御見《おみ》それしました。今日は一日宜《よろ》しくお願いします、班長」

くるしゅうないと胸を張り、鼻高々なドヤ顔を浮かべる大槻さん。まぁそれくらいの大仕事をやってのけたのだから今回ばかりは何も言えない。楓《かえで》さんと二階堂も同様にただただ苦笑するばかり。

「皆の衆、今日一日は大船に乗ったつもりで私について来てね！　最高の京都を案内するぜ！」

ガハハッと呵々《かか》大笑する大槻さん。ここまで自信満々だと逆に不安を覚えるが、そこは伸二のフォローに期待しよう。少なくとも行く場所を決めただけでそれ以上何も考えていない俺に文句を言う権利はない。

そんなことをぼんやり考えていると不意に胸ポケットに入れていたスマホがブルッと震えてメッセージが届いたことを知らせてきた。昨日の今日といい、タイミングといいまさかと思って確認すると送り主は案の定貴音《たかね》姉さんだった。

『おはよう、勇也！　昨日は酔った勢いで色々迷惑かけてごめんなさい。そのお詫《わ》びと言ったらなんだけど私から一つ提案があるんだけど――』

確かに昨夜は酔っ払った貴音姉さんの相手をして大変だった上に色々あったが、別に迷惑なんて思っていない。それどころか胸に刺さる助言をしてくれて感謝しているくらいだ。だから本来ならお詫びなんていらないと断るところだが、その内容を見て俺の心はぐらついてしまった。そしてそれを見逃すほど楓さんは甘くない。

「どうしたんですか、勇也君？　スマホをじっと見つめて。何か面白いニュースでもありましたか？」

「いや、別にそういうわけじゃないんだけど……」

どうしたものかと思案する。貴音姉さんからのお詫びという名の提案は非常に魅力的かつ京都の趣にも適している。だがせっかく大槻さんと伸二が考えてくれた今日の予定を崩すことにもなる。

「歯切れが悪いなんて珍しいね。もしかして誰かから今日の予定が吹っ飛ぶようなメッセージでも来た？」

呆《あき》れた様子で肩をすくめた二階堂が食後のコーヒーに口を付けながら尋ねてくる。勘がいいじゃないか。

「全部が吹っ飛ぶ、ってわけではないけどそんなところだ。あ、ちなみに言っておくと送り主は貴音姉さんだから安心してね、楓さん」

「貴音さんから？　一体どんな内容だったんですか？　私、気になります！」

そう言いながらずいっと身体《からだ》を寄せてくる楓さん。今日も朝から元気がいいのは何よりですがまだ食事中だから密着するのは控えてほしい。これ見よがしに胸を押し当てるのもなし。昨晩のもっちり柔らかな感触とかチラッと見えた可愛《かわい》いサクランボとか色々記憶が蘇《よみがえ》って来て立ち上がれなくなってしまいます。

「わ、わかった！　話すから！　ちゃんと説明するからいったん離れてください、お願いします！」

くっつき虫な楓さんを強引に引き剝がし深呼吸を一つ。拗《す》ねてぷくぅと頰を膨らませる楓さんのことは見て見ぬふりをしつつ、二階堂の軽蔑するような視線は気付かないふりをして、俺は貴音姉さんから来た提案をみんなに伝えた。その内容は――

「――楓さん、二階堂、大槻さん。着物、着たい？」

女子三人は突然の提案に頭の上にはてなマークを浮かべながら顔を見合わせた。まぁそういう反応になるよな。

「えっと……ヨッシー。それが千空寺《せんくうじ》さんからのメッセージの内容？　私も着物をレンタルして京都を散策するのはありかなって考えたけど……」

「あぁ、値段のことなら貴音姉さんが全額出してくれるみたいだから心配ないよ」

貴音姉さんによるとお店は清水寺の近くの老舗着物屋。着付けだけでなくヘアセットもやってくれるそうで、〝間違いなく忘れられない思い出になるわよ！〟とのこと。至れり尽くせりとはまさにこのことだ。

「私は賛成かな？　せっかく京都を歩くのに制服じゃ味気ないからね。秋穂と一葉《ひとつば》さんはどう？」

「うん！　私もオッケーだよ！　清水寺の後は時間が余りそうだったからちょうどいいしね！　楓ちゃんは……って、聞くまでもないか」

呆れた声音で話す大槻さんの視線の先にいる楓さんは両手を頰にあてて満面の笑みを浮かべていた。

「着物♪　着物が着られる♪　勇也君と着物デート……ぐへへ。最高かよ」

「楓さん、これは修学旅行の一環であってデートじゃないからね？　変なこと考えないでね？」

しかし悲しいかな、楓さんは妄想の中にダイブしてしまっているので俺の言葉は届いてはいないだろう。まぁ俺としても着物に髪を結った楓さんを見たい欲はある。夏祭りの浴衣《ゆかた》姿も可愛かったし、きっと似合うだろうな。

「……吉住《よしずみ》。朝からだらしない顔をしないで。あとデート気分で一葉さんとイチャイチャしたら許さないからね？」

「…………はい」

殺意が多分に込められた視線を向けながらの二階堂のごもっともなお言葉に俺は素直に頷《うなず》くしかなかった。

「よしっ！　そうと決まれば予定を見直さなくちゃね！　出発まで時間はあるし部屋に戻ってちょっと考えてみるね！」

「あ、それなら僕も一緒に考えるよ」

善は急げと言わんばかりに大槻さんは立ち上がり、伸二もその後を慌てて追いかける。

二人は〝それじゃまた後で！〟と言い残して大食堂から足早に立ち去ってしまった。

「私も戻るよ。一葉さんのことは頼んだよ、吉住」

「ちょっと待て、二階堂！　このままの状態で楓さんと二人きりにしないでくれ！　俺も一緒に――――！」

「ねぇ、勇也君！　せっかくなので勇也君も袴《はかま》を着ませんか!?　着物と袴の和風デートをしましょうよ！」

腕を摑《つか》んでガクガクと揺らしてくる楓さん。そんな彼女の様子を見て辟易《へきえき》とした様子で深いため息を吐《つ》いて二階堂も席を離れて行った。

「はいはい。いったん落ち着きましょうね、楓さん。とりあえず貴音姉さんに連絡しないといけないから離れてくれると助かるんだけど……」

「嫌ですぅ！　勇也君が袴を着るって言うまで離れません！」

ギュッとしがみつきながら駄々をこねる楓さん。そろそろ周囲の目も辛《つら》くなってきたし、遠目から藤本《ふじもと》先生が睨《にら》んでいるのが見える。俺は心を鬼にして彼女の頭に優しく手刀を落とした。

「うぅ……痛いです。私はただ勇也君と一緒に着物デートがしたいだけなのに……いけず」

「まずはデートから離れようか？　家に帰ったら好きなだけ甘えていいから今は少し控えてください」

「言質《げんち》は取りました！　勇也君、今の言葉……忘れたら承知しませんよ？」

そう言って舌なめずりをしながら艶美な笑みを浮かべる楓さん。己の軽率な発言を内心でため息とともに後悔しつつ、貴音姉さんにメッセージを返信するのだった。

＊＊＊＊

お詫びという名の貴音姉さんから突然の提案があったとはいえ、大槻さんが考えた予定にそう変わりはない。なので当初の予定通り、俺達の京都散策は北野天満宮から始まった。

「どうか……どうか第一志望の大学に受かりますように！」

パン、パンッと柏手《かしわで》を打って切実な願いを大槻さんが口にする。そういうことは心の中に留《とど》めておくものじゃないのかと思わなくもないが、学問の神様を前にしたら言葉にして伝えたい気持ちもわからないでもない。

「あとこれからもシン君と一緒にいられますように！」

「うん。気持ちはわかるけどさすがにそれは黙ってお願いしようね、秋穂」

隣に立っていた伸二は恥ずかしそうに苦笑いを浮かべながら言った。願い事は一人一つ

と決まっていないとはいえ、こういう場所でイチャつくとはさすがは初代バカップル。楓さんですら静かにお祈りしているというのに。

「よしっ！　これできっと大丈夫だね！　叶《かな》えてくれなかったらお礼参りに来てやるから覚悟しろよ！　なんちゃって！」

「アハハ……そんな風に言われたら僕が神様だったら門前払いするけどね」

一礼をし終わった後に無礼千万な捨て台詞《ぜりふ》を言う大槻さんの頭を伸二は肩をすくめながらペシッと叩《たた》く。

「フフッ。秋穂は何処《どこ》に行っても秋穂だね。ところで吉住。キミはどんなお願いをしたの？」

微笑《ほほえ》ましいバカップルのやり取りを眺めていると不意に二階堂が尋ねてきた。隠すようなことでもないので俺はサラッと白状する。

「大学受験が上手《うま》くいきますように、くらいしかお願いしてないよ。むしろそれくらいしか願うことがなかったのが正直なところだ」

「ふぅん……秋穂みたいに〝一葉さんとずっと一緒にいられますように〟とはお願いしなかったんだ。確定事項だからお願いする必要もないってこと？」

「別にそういうわけじゃないけど……」

二階堂はジト目とともに妙に棘《とげ》のある言い方をしてくる。確かに楓さんとのことはわざわざ神様にお願いするようなことではないが、そもそもここは学問の神様が祭られている神社だ。縁結びで有名な場所ならともかく、勉学の成功を祈る場所で色恋の成功を願うのは気が引けたのだ。

「そう言う二階堂はどんなお願いをしたんだよ？　まぁ別に無理に教えてくれなくてもいいんだけど――」

「――この先も吉住と一緒にいられますように。私がお願いしたのはこれ一つだよ、って言ったらどうする？」

哀愁を帯びた表情で二階堂はそう言った。本当か嘘《うそ》か見極めてごらんと俺を試すような微笑みに俺の胸がズキンッと痛みを訴える。気の置けない友人としての関係か、それともそれ以上の関係か。二階堂の想《おも》いを測りかねていると、

「フフッ。冗談だよ、冗談。そんな深刻な顔をしないでよ？　私も吉住や秋穂と第一志望の大学の合格を祈願しただけだよ」

ポンポンッと肩を叩きながら、悪戯《いたずら》が成功した子供のように無邪気に笑う二階堂。いつから王子様は演技派女優になったんだ。楓さんとはまた違ったドキドキを提供するのは勘弁してほしい。

「ところで吉住。一葉さんの姿が見えないけど大丈夫？」

「あぁ、楓さんならお土産を買いに行っているよ。ほら、あそこ」

楓さんはお参りが終わるや否《いな》や猛ダッシュで売店に向かった。ちなみに大槻さんと伸二もすでに合流して三人で何を買おうかワイワイ楽しそうに話している。

「俺達も行くか。特に欲しい物はないけど……せっかくだからみんなお揃《そろ》いの学業成就《じょうじゅ》の御守《おまも》りを買うのはありかもな。あと絵馬でも書くか？」

「お揃いの御守りか……うん、吉住にしてはナイスなアイディアを言うじゃないか。ぜひ買おう、そうしよう！　ついでに絵馬も書いちゃおう！」

善は急げだ、と言って二階堂は俺の手を掴むと三人の下へ向かって走り出す。だが明るい表情とは裏腹にギュッと強く握ってくる彼女の手は僅かに震えていた。緊張か、それとも別の理由か。

三人に合流する前、楓さんが俺達の接近に気付く直前に二階堂は手を離した。その横顔はどこか名残惜しそうに見えた。

「おっ！　やっと来たね、お二人さん！　まったく、待ちくたびれちゃったよ！」

「ごめん、ごめん。お待たせ、秋穂。ところで何を買うかもう決めちゃった？　もし決まってないならお揃いの御守り買わない？」

「考えることはみんな同じだね！　ちょうど私達もそれがいいんじゃないかって話していたところなんだよ！　ね、楓ちゃん！」

「はいっ！　これから受験勉強も大変になりますし、修学旅行の思い出に御守りは最適かなって思うんです！　もちろん、他の場所でも買いますけど！」

　ぐっと拳を作って力説する楓さん。修学旅行が終われば一年にも及ぶ長い戦いが本格的に始動する。模試の結果に一喜一憂したり、成績が伸びなくて悩む日もあるだろう。そんな時に支えとなるものがあればきっと乗り越えられる。みんなで買うお揃いの御守りがその役目を果たしてくれるはずだ。

「あとついでに絵馬も書こうって話になったんだけど、どうかな？」

「フフッ。本当に考えることは一緒だね。吉住ともその話を丁度したところ。もしかして考えたのは一葉さんだったりする？」

「確かにどっちも楓ちゃんの提案だけど……もしかしてヨッシーも同じことを？」

「まさかこんな形で相思相愛ぶりを思い知らされるとは……さすがだね、吉住」

　絶対に褒めてないだろうと心の中でツッコミを入れつつ、俺は楓さんの下へと歩みを寄せる。御守りに色の種類はなく桐《きり》箱に入ったシンプルな純白色の一種のみ。多少値はするが思い出を買うと思えば安いものだ。

「日々の努力に神頼みが加われば勇也君の将来は安泰ですね！　いっそのこと買い占めれば大学受験どころかこの先全ての学業で成功すること間違いなしでは？」

「うん、一周回って罰当たりだからやめようね？」

せっかくの思い出が台無しになるようなことを言わないでほしい。それに神頼みは最後の手段であることを忘れてはならない。

「勇也君なら大丈夫だと私は信じています。むしろ頑張らないといけないのは私の方ですよ」

睫毛《まつげ》を伏せながら楓さんが自嘲気味に笑う。これ以上何を頑張るというのか甚だ疑問ではあるが、学園一の成績を維持し続けている楓さんをもってしても海外の大学に入学するのは大変ということか。

——一葉家とか箔《はく》をつける為とか気にせずこのまま日本で進学すればいいのに——

「ん？　どうしたんですか、勇也君？」

「何でもないよ。それより御守りを買っちゃおうよ。そろそろ移動しないと時間的にもまずいしね」

時計を確認すると現在時刻は11時半を少し過ぎたところ。貴音姉さんに着付けのお願いの連絡をしたらその前に昼食もご馳走《ちそう》してくれることになったので、実はのんびりしている余裕はなかったりする。

「そうですね！　この後は貴音さんと合流して京料理を食べて着物に着替えて勇也君と京都デートですもんね！」

「だからデートじゃないって何度も言っているでしょうが……」

俺は呆《あき》れて肩をすくめながらぴょんぴょんとはしゃぐ楓さんから目を逸《そ》らした。何故《なぜ》かって？　たわわな果実がプルンッと揺れて目に毒だからだ。

「……吉住のむっつりスケベ」

二階堂の怨念の籠ったつぶやきは聞かなかったこととする。

＊＊＊＊

北野天満宮での参拝とお土産の購入を終え、バスを乗り継ぎ移動すること一時間弱。大槻さんが事前にばっちり移動ルートを調べておいてくれたおかげで俺達は無事に清水寺近くにある貴音姉さんとの待ち合わせ場所にたどり着くことが出来た。

そのまま息つく暇もなく京料理をご馳走してもらい、俺達は貴音姉さんの案内で千空寺家が懇意にしているという着物屋へとやってきたのだが、

「勇也と日暮《ひぐれ》君には申し訳ないけど、三人のおめかしが終わるまで近くの喫茶店で時間を潰しててくれるかしら？」

「……はい？」

到着するや否や貴音姉さんにそう言われて思わず間抜けな声を出す俺。伸二も首を傾《かし》げ、楓さんや大槻さんはポカンと口を開けて困惑している。ただ一人、二階堂だけはどれを着ようか真剣な様子で着物を選んでいた。

「私としても楓ちゃんに提案されたように勇也達にも着物は着てほしいんだけどね？　ただ急遽《きゅうきょ》お願いしたから時間的にも人数的にも女の子三人が限界なんだよ」

頰に手を当てながら申し訳なさそうな表情でため息を吐く貴音姉さん。楓さんもしょぼんと肩を落として落ち込み、大槻さんは反応に困って苦笑いを浮かべる。

「いや、困惑しているのはそこじゃなくてどうして外で待っていないといけないかってことなんだけど……」

何が悲しくてせっかくの修学旅行なのに喫茶店で時間を潰さないといけないんだ。

「あぁ、その理由なら単純よ。女の子のおめかしを覗《のぞ》き見るのはご法度《はっと》だからに決まっているでしょう？」

「貴音さんの言う通りですよ、勇也君。さすがの私もお化粧しているところを見られるのは恥ずかしいです」

「もしかして吉住は私達が着物に着替えている様子をリアルタイムで見たいの？　そういう願望があるの？」

「なっ⁉　何を言い出すんだよ、二階堂⁉　俺は別に生着替えを見たいなんて一言も――――！」

己の身体《からだ》を両手で覆いながらジト目を向けてくる二階堂に俺はとっさに反論する。見たいか見たくないかを問われれば答えに窮するところではあるが、あいにくとそういう趣味は持ち合わせていない。

「楓ちゃんしか着物を着ないなら生着替えはいくらでも覗いてどうぞ、って言うんだけど私達もいるからね。さすがに許可は出来ないね。だから今回は諦めてね、ヨッシー」

「それでもなお勇也が三人の生着替えを見たいって言ったら即刻友達止めて絶交するけどね、僕は」

「否定したいのに酷《ひど》い言い様だな⁉」

からかって笑う大槻さんに至極真面目な顔で辛辣なことを口にする伸二の言葉に俺のライフは一瞬で根こそぎ削り取られる。

「そう残念がらないでください、勇也君。今日は無理でもお家《うち》に帰ったらいくらでも見せてあげますからね！　私のな・ま・き・が・え！」

そしてわずかに残ったなけなしのライフはウィンクと投げキスとともに放たれた楓さんの一言によってあえなく消滅した。ゴミを見るような目を向けるな、二階堂。俺は何も言っていない。

「……変態」

「シンプルな一言が一番傷つくからな⁉」

みんなして俺のことを何だと思っているんだ。楓さんと一緒に暮らして一年になるが生着替えを覗いたことなんて一度もないというのに。着替えを手伝ったことならあるけど。

「はいはい！　キミ達の漫才は見ていてとても楽しいけどそろそろ準備しないといけない時間だからその辺にしましょうね。日暮君、申し訳ないけど勇也のことはお願いね。終わったら連絡するから」

「わかりました。ほら、勇也。いつまでもしょぼくれてないでさっさと行くよ！　それじや秋穂、また後でね！」

「うん！　とびきり可愛《かわい》くなってくるから期待して待っててね、シン君！」

そんなバカップルのやり取りを背にして一度着物屋を出て、言われた通り喫茶店で大人しく連絡を待つことになった。

それがちょうど一時間ほど前の出来事。そして貴音姉さんの言いつけ通り喫茶店で時間を潰した俺達は再び着物屋に足を踏み入れていた。

「待たせたわね、紳士諸君！　愛する子達の晴れ姿、とくとご覧あれ！」

ドンッと胸を張りながら喜色満面なドヤ顔を浮かべた貴音姉さんに迎えられた俺と伸二は、言われるがまま椅子に座らされて即席のファッションショーに付き合わされていた。

「可愛い彼女の着物姿が見たいかぁ――――!?」

「…………」

ハイテンションで拳を掲げながら叫ぶ貴音姉さん。さすがにそのネタは古すぎやしないかと思うがそれを口にしたら最後、俺の首は胴体と永遠にお別れすることになるだろう。

「はいはいっ！　僕は秋穂の可愛い着物姿が見たいです！」

「うん、うん。日暮君は素直でいい子だね！　それに引き換え勇也ときたら……日本一可愛い女子高生の着物姿見たくないのか!?　イケメン美少女な哀《あい》ちゃんの晴れ姿が見たくないのか⁉　シバくぞ⁉」

　グワッと目を見開いた鬼の形相で睨《にら》んでくる貴音姉さんの迫力に気圧《けお》されるが、ここで自棄《やけ》になって叫んだらこの人の思うツボだ。ここは冷静に言葉を選ばないと後で二階堂のみならず楓さんにも睨まれかねない。

「誰も二人の着物姿が見たくないなんて言っていないだろうが。勿体《もったい》ぶってないで早くお披露目といこうよ？　これ以上待たせるなら突撃するけど？」

「せっかちさんは嫌われるわよ、と言いたいところだけど……さすがにこれ以上引っ張ると我慢しきれず楓ちゃんが飛び出してきそうだからお待ちかねの時間に移るわね。三人とも、出てきていいわよ！」

　散々焦《じ》らした挙句がそんなおざなりな登場なのかよ⁉　と貴音姉さんにツッコミを入れたくなったが、そんな感情は三人の艶姿《あですがた》を目にした瞬間に吹き飛んだ。俺と伸二は二人そろって言葉を失い、ただただ見惚《みと》れていた。

「フッフッフッ。ほら、二人とも。とびきり可愛く綺麗《きれい》になった三人に何か言うことはないのかな？」

　貴音姉さんがしてやったりの笑みを浮かべて感想を促してくるように、楓さんと大槻さんは期待の眼差《まなざ》しを、二階堂は顔をわずかに逸らし、恥ずかしそうに頬を染めながらもチラチラとこっちを見てくる。

「どうですか、勇也君？　似合っていますか？」

「こんな可愛い着物着たのは初めてだよ！　早く感想を聞かせてよ、シン君！」

「うぅ……やっぱり私には可愛すぎて似合わないよ、これ」

三者三様に感想を迫ってくる。何か言わないといけないと頭ではわかっているが如何《いかん》せん適切な言葉が思いつかない。

楓さんが着ている着物は赤地に色とりどりの花と無数の鶴があしらわれた優美な物。夏祭りで着た牡丹《ぼたん》柄も良かったがこちらも甲乙つけがたい。また今回の髪型は結上《ゆいあ》げではなく、珍しいことにツインの三つ編みおろしにしていた。これが着物の艶美さとは対照的な少女らしさを演出しており実に可愛らしい。

その隣で自信満々にしている大槻さんは紺の生地にきらきらと輝く星に扇模様の一着。髪型は楓さんのように凝ってはいないが、その代わりにサイドにちょこんとリボンが乗っていて大槻さんの可愛さを一段上へと昇華させている。

恥ずかしそうにしている二階堂は桜色にウサギが描かれた可愛らしいデザイン。さらに髪型も丁寧に編み込まれている。普段の凛《りん》として王子様然としている彼女とは正反対のチヨイスだが、その恥ずかしがっている姿と相まってとてつもない破壊力があった。ギャップ萌《も》えとは斯《か》くも恐ろしいものとは。

「ゆ、勇也君……黙っていないでそろそろ感想を聞かせてくれませんか？」

「そうだよ、シン君。せめて可愛いか似合っているかだけでも言ってくれないかな⁉　何も言わないのは良くないよ！」

「千空寺さん、やっぱり今から着物のチェンジってできますか？　ウサギは私には可愛すぎますよ……」

楓さんと大槻さんの顔から徐々に自信がなくなり表情に不安の色が出始める。二階堂は青ざめた顔で貴音姉さんに泣きついている。

「あ、あぁ……ごめん。着物姿が綺麗なのは言うまでもないんだけど、楓さんのツインテールは初めて見たから、その……可愛くて見惚れてた」

「アハハ……ごめんね、秋穂。勇也じゃないけど僕も見惚れちゃったよ。すごく可愛いよ！」

俺と伸二は二人して顔を真っ赤にしながらお互いの恋人へ嘘偽《うそ》りのない感想を口にして伝えるが、言葉にした途端直視することが出来ないくらい恥ずかしくなった。

「も、もう！　勇也君ったらどうしていつもストレートに言うんですか……少しはオブラートに包んで言ってくれないと私の心臓がもちませんよ……」

「気持ちは痛いほどわかるよ、楓ちゃん。シン君も容赦なくど真ん中ストレートを投げ込んでくるおかげで私のライフはアッという間にゼロだよ」

だが恥ずかしいのは楓さん達も同様で、頬を熟したリンゴのようにしてボソボソと話しながら俯《うつむ》いてしまった。

一仕事を終え、暴れる心臓を宥《なだ》める為に深呼吸をしていると貴音姉さんと目が合い、無言で顎をクイッと動かして〝もう一人忘れているぞ〟と無言で訴えてきた。そんなこと、言わなくてもわかっている。ただちょっと心の準備がいるだけだ。

「なぁ、二階堂。そのウサギ柄の着物、すごく似合っているから着替えるのは勿体ないと思うぞ」

「……あ、ありがとう」

そっぽを向きながら辛《かろ》うじて聞き取れるくらい小さな声で言う二階堂。何だろう、この可愛い生き物は。

「フフッ。勇也や日暮君の言う通り、みんなとてもよく似合っているわ」

「ありがとうございます、貴音姉さん。なんとお礼を言ったらいいか……」

「気にしないで、楓ちゃん。お礼なんていらないから目一杯京都を堪能《たんのう》して、たくさん思いで作ってきなさい」

次はいつ来られるかわからないんだからね、と貴音姉さんは寂しげな声音で言った。修学旅行が終われば本格的に受験の準備を始めなければいけないし、海外留学する楓さんの場合は準備も大変だろうから一緒に卒業旅行に行けるかもわからない。

「……はい。みんな揃《そろ》って出来る最後の旅行、思い切り楽しんできます」

だからだろう。楓さんは無意識のうちに〝最後〟と口に出してしまった。そしてそれに気付かず、疑問に思わない人物はこの場にはいない。

「ちょっと待って、楓ちゃん。最後の旅行ってどういうことかな？　もしかしてこれからはヨッシーと二人でしか旅行には行かないってこと？　気持ちはわかるけどいくらなんでもそれは薄情じゃないかな!?」

「ごめんなさい、秋穂ちゃん。別にそういうわけじゃないんです。ただこれには山より高く、海よりも深い事情がありまして……」

困りましたと言わんばかりに狼狽《ろうばい》する楓さんが助け舟を求めて視線を向けてくるが、俺としてもなんて言ったらいいかわからない。

「えっと……ですね。驚かないで聞いてほしいんですけど……私、海外の大学に進学しようと思っているんです」

一呼吸おいてから真剣な顔付きで、夏休みから悩み続けて保留していた自身の進路を口にした。あまりにも突然の発表に室内がしーんと静まり返る。そんなある意味気まずい沈黙を破ったのは他の誰でもない、親友の大槻さんだった。

「そっかぁ……楓ちゃんは海外の大学に進学するのかぁ。だから高校生の間にみんなで旅行に行けるのはこれが最後ってことなんだね！　いやぁ……まさか東大を通り越して海外の大学を目指すだなんてさすが楓ちゃんだね——ってなんでやねん！」

そして関西人顔負けのノリツッコミを披露した。

「進路について悩んでいるのは知っていたけどまさかの海外進出なんて聞いてないよ⁉　どういうことかちゃんと説明してくれるんだよね、ヨッシー⁉」

「ここで俺に振るのはどうかと思うんだけど⁉」

目を限界まで見開いて睨みつけて来る大槻さん。だが悲しいかな、俺の口から語れることは何もない。

「まぁまぁ。気持ちはわかるけど落ち着いて、秋穂。きっと一葉さんなりに色々考えた結果の選択だし、それにこの場で深く聞くようなことじゃないと思うよ？」

「それはそうだけど……これじゃ気になって夜しか眠れないよ！」

「安心してください、秋穂ちゃん。部屋に戻ったらちゃんと説明しますから」

伸二のフォローが入ってもなお食い下がる大槻さんに苦笑いを浮かべた楓さんが宥める

ように言った。どんな風に説明をするのか気になるところだがあえて何も言うまい。

そんなことより気になるのは楓さんの海外留学発言以降押し黙っている二階堂だ。唖然《あぜん》、愕然《がくぜん》、呆然《ぼうぜん》。あらゆる驚きの感情を刻んだ不可思議な顔で楓さんのことをじっと見つめていた。

「えっと……に、二階堂さん？」

さすがに視線に気が付いた楓さんに恐る恐る尋ねられ、ハッと我に返った二階堂は二度三度と頭を振《かぶり》り、さらに大きく息を吐いてからおどけた顔でこう言った。

「ごめん、ごめん。あまりにも突拍子もないことを一葉さんが言うから驚いちゃった。詳しい話は夜に聞かせてもらうとして……そろそろ出発しないと時間的にまずくないかな？」

言われて時計を確認する。時刻はまだ15時を少し過ぎたところではあるが移動と参拝、着物の返却等を考えたら門限ギリギリだ。

「うん、哀ちゃんの言う通りかも。楓ちゃんの話はひとまず置いておいて、ゆっくり清水寺を観に行こうか！」

楓さんの発言で流れた何とも言い難《にく》い気まずい空気は大槻さんの鶴の一声によって見事に吹き飛んだ。ホント、この人には頭が上がらない。

貴音姉さんにお礼を言ってから俺達は着物屋を後にして本日のメイン、京都の観光名所の一つである清水寺へと足を運んだ。

メインの本堂に行く道中、まず目の前に飛び込んできたのは鮮やかな朱色が美しい正門の『仁王門』。堂々とした佇《たたず》まいで、その両端に立つ一対の金剛力士像が荘厳《そうごん》な雰囲気に一層の拍車をかけている。

続いて見えてくるのは移動のバスの中からも見えた三重塔《さんじゅうのとう》。全長31メートルは国内最大級。仁王門と同じ鮮やかな朱色の塔は咲き乱れる紅葉の海から顔を出している。空の青、三重塔と紅葉の赤の鮮烈な風景は息を呑むほど美しい風景だった。

これだけでも十分お腹《なか》いっぱいになるのにメインディッシュはここからだ。

そもそも清水寺は世界遺産にも認定された由緒《ゆいしょ》正しい寺院である。約1200年の歴史があり、〝清水の舞台から飛び降りる〟の語源になったのが本堂である。ちなみに三重塔は国の重要文化財に指定されており、その他にも国宝が立ち並んでいる。

他にも見られていない場所の中には恋愛成就《じょうじゅ》などのご利益があるとされる、清水寺の由来にもなった〝清らかな水〟が流れる『音羽《おとわ》の滝』がある。ここは胎内巡りで有名な隋《ずい》求堂《ぐどう》などのパワースポットとしても有名とのこと。

「すごい！　すごい！　見てよ、シン君！　紅葉がすっごく綺麗だよ！」

「気持ちはわかるけど少し落ち着いて、秋穂。あんまり身を乗り出したら危ないよ？」

ぴょんぴょんと飛び跳ねそうな勢いで伸二の袖を掴《つか》んで大はしゃぎする大槻さん。そんな彼女に苦笑いを浮かべながら伸二は宥めているが、手にしているスマホで隙あらば写真を撮っているので似たり寄ったりだ。被写体が風景か人物かは言うまでもない。

「おおよそ12メートルってところかな？　思っていたより高くないんだね」

「勢いあまって飛び降りたらダメだよ、哀ちゃん？　あと決め顔をしているところ申し訳ないけど、細かすぎる物まねはしないでくれると助かるかな？」

「紅の修学旅行編ってね。まぁ私はヒロインには絶対になれないんだけど……」

「んぅ……明和台《めいわだい》の王子様は落ち込む姿さえも絵になるなぁ。私でよければいくらでも話を聞くから静かなところに移動する？」

落ち込む二階堂をあやすように大槻さんが肩を抱く。突如発生したロリっ子に慰められるイケメン美少女の百合《ゆり》な空気に周りにいた観光客が色めき立つ。咄嗟《とっさ》に二人から距離を取った伸二は流石《さすが》だな。

楓さんを含めて着物姿の三人は大勢の人混みの中でも一際《ひときわ》目立っており、すれ違う人達はみな揃って足を止めるほど。そして一緒にいる俺と伸二に羨望《せんぼう》やら嫉妬やら怨念やらが籠った視線を向けられるところまでセットだ。

「勇也君、ぼぉーとしてないでこっち来てください！　すっごく綺麗《きれい》ですよ！」

崖からせり出している舞台部分の最奥《さいおう》に立った楓さんが瞳をキラキラと輝かせながら手招きしている。

「真っ赤な紅葉もさることながら京都の景色も一望できて凄《すご》いです！　人間、美しい物を見ると語彙力が消えると言いますがまさにこのことですね！」

「そうだね。確かにこれは……語彙力がどっか行くね」

楓さんの大袈裟《おおげさ》な物言いに反論が出来ないほど、真紅に染まった世界とその先に見える古都の景色は壮大の一言に尽きた。

「もう少し気の利《き》いた感想は言えないの、吉住？　それじゃせっかくの紅葉も可哀想《かわいそう》だよ？」

「しょうがないだろう？　俺の貧相なボキャブラリーじゃこの圧巻の景色に適した言葉は出てこないんだよ」

いつの間にか立ち直った二階堂が呆《あき》れた顔で肩をすくめながら隣に並んできた。その横には同じくやれやれとため息を吐く大槻さんと苦笑いを浮かべる伸二がいた。

「もう……情けないなぁ、ヨッシー！　それじゃ楓ちゃんの彼氏は務まらないよ？　少しはシン君を見習うといいよ！　さぁ、ビシッと言っておやりなさい、シン君！」

「いやいやいや⁉　僕だって勇也と大して変わらないからね⁉　むしろ秋穂の感想を聞かせて欲しいなぁ！」

「フッフッフッ。私に答えを求めるとはいい度胸だね、シン君！　ならば答えてあげるが世の情け！　ズバリ――――超キレイでヤバタニエン！」

ドヤ顔で清水の舞台の上で叫ぶ大槻さんに俺達四人は思わず顔を見合わせた。うん、この人に期待したのが間違いだったな。だが真《まこと》に美しい物に対しては凝った表現をするよりもこれくらいシンプルな感想の方が無粋にならずにいいのかもしれない。

「秋穂らしい最高の感想で僕は好きだよ」

「えへへ……さすがシン君、よくわかってるぅ！　ってそんなことより写真撮ろうよ、写真！」

「ちょ、秋穂！　いきなり引っ張らないで！」

伸二の口から出た素直な評価に照れた大槻さんは、それを隠すように二階堂の手を取って柵の手前へと移動する。記念撮影をするのは大いに賛成だが肝心の撮影係がいないと意味がない。

「よろしければお写真、撮りましょうか？」

「え？　あぁ、ありがとうございます――――ってこんなところで何をしているのさ、貴音姉さん」

「何しているも何も、せっかく京都に来たんだから満喫しようと思っただけよ？　別に勇也達が気になって後つけてきたわけじゃないんだからね！」

典型的なツンデレ、どうもありがとうございます。ストーキングなんて趣味が悪すぎる。まぁ着物を着ていないだけまだマシか。もしも貴音姉さんが楓さん達のような着物姿で歩いていたら今頃大変な騒ぎになっていただろう。

「私のことはどうでもいいの！　ほら、みんな待っているんだから早く勇也も行きなさい！」

半ば強引に貴音姉さんに背中を押されて楓さん達の下へと向かう。伸二は俺と同じように驚いているが女子三人は特にそういった様子はない。もしかしたら最初からこうなることがわかっていたのかもしれない。

「勇也君、早くこっちに来てください！」

「そうだよ、吉住。他の人の迷惑になるんだから早く！」

楓さんは笑顔で、二階堂は腕を組んで、急《せ》かして来るので早足で向かう。そして待っていましたと言わんばかりに楓さんが腕を絡《から》めて密着し、やれやれとため息を吐きながら肩が触れ合う距離で隣に並ぶ二階堂。その後ろに伸二と大槻さんが立って――――

「よしっ！　それじゃ撮るわよ！　１＋１は――――？」

「「「「２‼」」」」

年齢のわりにちょっと古い貴音姉さんの掛け声に答えながら、俺達は思い思いの表情を浮かべる。

ゆっくりと沈みゆく太陽に照らされた紅葉と京都とともに撮られたこの一枚に記憶された風景を、俺達はきっと一生忘れないだろう。

＊＊＊＊

「さて、楓ちゃん。そろそろ昼間の話を詳しく聞かせてもらおうかにゃ？」

「私も聞きたいな。海外の大学に進学するってどういうこと？」

京都観光を一日満喫してみんなで夕食を食べた後、部屋に戻った私――一葉楓は早速秋穂ちゃんと二階堂さんから尋問のような取調べを受けていた。

「そもそも！　高校卒業したら海外の大学に留学するなんて大事な話をどうして黙ってい

たのかな⁉」

「驚かせてしまってごめんなさい。ちゃんと話そうと思っていたんですが中々時間と機会がなくて……」

この決断をしたのは文化祭が終わった頃。勇也君に想《おも》いを伝えて今日にいたるまで、貴音さんにお願いして慌ただしく情報収集をしていたらあっという間に修学旅行を迎えてしまったのだ。

「一葉さん……どうして海外に行くって選択をしたの？　吉住はどうするの？　まさか彼を一人にする気なの⁉」

ずいっと顔を近づけながら圧をかけてくる二階堂さん。その瞳には怒りにも似た感情が宿っていた。

「お、落ち着いて、哀ちゃん！　矢継ぎ早に質問したら楓ちゃんも困っちゃうよ？　夜は長いんだしゆっくり聞いて行こう。それでいいよね、楓ちゃん？」

「はい……もちろんです。ちゃんと話しますから安心してください」

暴れ馬を操縦する調教師が如《ごと》く、興奮する二階堂さんを宥《なだ》めてくれた秋穂ちゃんに心の中でお礼をする。そのおかげで二階堂さんは冷静さを取り戻して渋々ではあるが納得していったん私から距離を取ってくれた。

「……まぁでも哀ちゃんが取り乱す気持ちもわかるよ。私だって楓ちゃんの選択が信じられないからね」

そう言ってため息を吐きながら肩をすくめる秋穂ちゃん。さて、話すと言ったはいいけれどどんな風に説明しましょうか。でもその前に自宅にいる時と同じとはいかないまでも最低限のお肌のケアをしないと。

「なるほど……日本一可愛《かわい》い美少女は毎日の手入れを怠らないからこそ生まれたんだね。これもヨッシーの為？」

「はい。勇也君に可愛いねって言ってもらいたいですから。って何を言わせるんですか、秋穂ちゃん！」

「……ますますわからないよ、一葉さん。吉住の為に毎日たくさん頑張っているのにどうして海外に行くの？」

わずかに怒気を孕《はら》んだ声で二階堂さんが尋ねてくる。同じ疑問を抱いている秋穂ちゃんも頷《うなず》きながら近づいてきて、

「ホント、何があってどうしてそんな選択になったのかな？　私はてっきり同じ大学に進学してメオトップル大学生編を始めるものとばかり思っていたんだけどなぁ」

なんですか、メオトップル大学生編って。それではまるで今が高校生編の真っ最中みた

いな言い方ではないですか。そんな物語はクランクインしませんからね！

「ねぇ、一葉さん。海外に行くことを吉住はなんて言っているの？　もしかして彼も一緒に……？」

「いえ、海外に行くのは私ひとりですよ。勇也君は日本の大学に進学して父の仕事の手伝いをすることになると思います」

「よ、吉住はなんて言っているの？　まさかキミが海外に行くことを了承したわけじゃ……ないよね？」

一縷《いちる》の望みに賭けるかのように胸元をギュッと摑みながら二階堂さんが聞いてくる。秋穂ちゃんも固唾を呑んで私の答えを待っている。そんな二人に私はきっぱりと答えた。

「いえ、勇也君の理解はちゃんと得ています。私の考えを尊重して背中を押してくれたので大丈夫です」

「へぇ……それは意外。ヨッシーなら楓ちゃんと離れ離れになりたくなくて反対すると思ったのになぁ。でも楓ちゃん、ヨッシーを残して海外に行くことに不安はないの？」

「不安、ですか？」

「ほら、ヨッシーってカッコイイだけじゃなくて優しいし、気遣いも出来るし、年下年上関係なく惚《ほ》れられるいい男でしょ？　だから独りぼっちになった寂しさから――」

秋穂ちゃんの心配はわかります。勇也君がそんなことをするとは万が一にもありえないと思いますが何があるかわからないのが世の中です。そうならない為に恥ずかしいけど身も心も捧《ささ》げようとしているのに、肝心なところで勇也君はいつも逃げるので困ったものです。

「大丈夫ですよ。海外留学すると言っても卒業するまで一度も日本に戻って来ないわけじゃありませんから。それに私が海外に行くのはこの先もずっと勇也君といる為の準備期間でもありますから」

「なるほど、ずっと一緒にいる為の一時的な別れってことか。普通は離れている間に何かあるんじゃないか不安になるものだけど、楓ちゃんとヨッシーなら例外だね！」

「あっ、何なら勇也君が間違いを犯さないか秋穂ちゃんに監視してもらうのもありかもしれませんね」

「アハハ……まぁ楓ちゃんに匹敵する美少女なんてそうそう現れないと思うから私が監視しなくても大丈夫だと思うよ？」

そう言いながら秋穂ちゃんは恐る恐る唇をギュッと噛《か》んで肩を震わせる二階堂さんに視線を向ける。部屋の中にどこか気まずい沈黙が流れる。それを破ったのは他の誰でもない、私と同じくらい勇也君に想いを寄せる明和台の王子様だった。

「吉住が考えを尊重してくれた？　ずっと一緒にいる為の準備期間？　秋穂に吉住が浮気《うわき》

しないか監視させる？　ねぇ、一葉さん……今の話全部、本気で言っているの？」

「に、二階堂さん……？」

「家族に捨てられて突然独りぼっちになった吉住をよりにもよってキミが！　誰よりも吉住のことを想い、誰よりも吉住に想われているキミが独りぼっちにするのか⁉」

突如激昂《げきこう》した二階堂さんが両手で私の肩を摑《つか》んできた。

戸惑いを隠せない私とは対照的に私の親友は苦しそうな表情を浮かべていた。まるで〝ついにこの時が来てしまったか〟と言わんばかりに。

「吉住のことだからキミの口から〝ずっと一緒にいる為には必要なことです！〟って言われたら理解を示すのは当然さ。でもだからこそどうして彼の言葉を疑わなかったの？　彼が心の中で抱えている苦しみからどうして目を離したの⁉」

「あ、哀ちゃん……少し落ち着いて。落ち着いて話そう？　楓ちゃんだって色々悩んだ結果の選択だと思うから――」

「ごめん、秋穂。今回ばかりは黙ってはいられないよ。だって一葉さんは私がしたくても出来なかったことを全部やって吉住の笑顔を独り占めして……それなのにどうしてその幸せな笑顔を奪うような選択が出来るの⁉」

二階堂さんの瞳から大粒の涙が零《こぼ》れ落ちる。言葉から溢《あふ》れる勇也君に対する想いが痛いくらいに伝わってくる。彼女もまた、貴音さんと同じように勇也君が無意識のうちに蓋をして抱え込んでいる心の闇に気が付いている。

「……このままじゃダメだって思ったから。勇也君が好きなだけでは彼を支えていくことは出来ないと思ったからこの道を選んだんです。それを気付かせてくれたのはあなたです、二階堂さん」

私なりに勇也君を支えていく為に何が必要か色々考えました。どうして海外に行くのか。その最大の理由は〝一葉電機〟という会社そのものにある。

我が一葉電機は創業百年を超える国内最大手総合電機メーカーで海外にも事業を展開している。いくつもの艱難辛苦《かんなんしんく》を乗り越えて現在は幸いなことに経営は安定しているが、この先どうなるかわからない。

父が祖父から。祖父が曽祖父から。脈々と受け継いできたこの会社を次へと繋《つな》げる為、私は経営の知識をより広い視点で学ぼうと思ったのだ。そこには貴音さんの影響もあるのだが。

『ねぇ、楓ちゃん。ＭＢＡって知ってる？ Master of Business Administration の略で、経営や経営をサポートするビジネスのプロを育成することを目的としているの。日本でも取れる学位なんだけど、海外で取れれば将来的にも必ず役に立つと思うわよ』

海外のMBAスクールでは世界中から優秀な生徒達が目標達成を志して集まる。そんな人達とグループワークやディスカッションをするだけでも貴重な財産になるし、人脈を広げられるし、卒業後はビジネスパートナーになるかもしれないネットワークを世界中に作ることも出来る。

また得られる情報量も魅力的でした。経営知識を身に付ける際の文献は圧倒的に英語が多い。それを読む為の英語力を身に付けつつ学べるというのも大きなメリットです。

そうやって得た経営知識と世界中のネットワークは勇也君を支えるうえで必ず役に立つはず。現にその道を辿《たど》った結《ゆい》ちゃんのお母さんのメアリーさんも陰ながら一葉電機を支えている。

「そんな……キミがそばにいることが吉住の一番の支えになるはずじゃないの？」

「……確かにそうかもしれません。でも今のままではダメだって夏休みの時にみんなの将来の夢を聞いて気付いたんです」

あの場で私一人答えられなかった将来の夢。それを探す為にアルバイトをし、そこで貴音さんと出会い、色々な話を聞いて悩み抜いた末に出した結論。それが将来一葉電機を背負《しょ》って立つことになる勇也君のパートナーになることだった。

「私は父と母のように公私ともに勇也君のことを支えたいんです。だから私はこの道を選んだんです」

この選択が正しいかどうかはわからない。でもいつの日か過去を振り返った時にこれが〝間違いじゃなかった〟と胸を張って言えるようにすればいい。だから誰に何と言われても私の決意は揺るがない。

「なるほど……それが楓ちゃんの見つけた将来の夢か。茨の道と言うか、ハイリスク・ハイリターンと言うか……でもそれだけヨッシーを支えたいっていう楓ちゃんの本気度が伝わってくるよ。私は応援するよ！」

秋穂ちゃんは苦笑いをしながらも私の決断には肯定的だった。だけどやっぱり二階堂さんだけは、

「私は……一葉さんの夢を素直に応援することはできない。吉住がそれを本当に望んでいることなのかわからない。もしそうじゃなかったらまた彼を苦しめることになる。そう考えたら……ごめんね」

そう言って二階堂さんは私の肩から手を離しながら力なく俯《うつむ》いた。そんな彼女に対して私は何も言えなかった。だって二階堂さんは私の夢のせいで辛《つら》い思いをするかもしれない

勇也君のことを第一に考えているから。もしかしたら私以上に勇也君のことを悲しませるようなことはしたくないと考えているかもしれない。

きっと二階堂さんからしたら私は〝自分の大好きな人を苦しめる嫌な人〟になっていると思う。もし逆の立場だったら私も同じように納得いかずに怒り、苦しむと思います。

「謝らないでください、二階堂さん。あなたのおかげでもう一度ちゃんと勇也君と話してみようと思いました」

「私に一葉さんの決断にとやかく言う権利はないけど……どうか吉住を悲しませるような選択だけはしないでね。お願い」

懇願するように言われ、私はただ一言〝はい〟と返した。

話はこれで終わり、重苦しい空気の中私達はベッドに入って修学旅行二日目を終えたのでした。

＊＊＊＊＊

修学旅行最終日。

今日の予定はまずは十円玉にも描かれている世界遺産の平等院鳳凰堂《びょうどういんほうおうどう》を観《み》てから、京都駅でお土産を買って新幹線で東京へ帰る予定になっていた。

幸運に恵まれて空は雲一つない晴天の中、黄金色の鳳凰《ほうおう》が輝く本殿は圧巻の一言。池に浮かぶように建てられているので水面に映る宮殿もまた見る者全てを魅了する。また境内に植えられた赤く色づいたカエデの木が平等院全体を朱に染めているのも幻想的だった。

修学旅行の最後を締めくくるにはこれ以上ないくらい相応《ふさわ》しい集合写真を撮り、残すはお土産を買って帰るだけなのだが、俺の周囲の空気は何故《なぜ》か今朝からずっとどんよりと淀《よど》んでいた。

この暗澹《あんたん》たる雰囲気を生み出している原因は他でもない、楓さんと二階堂の二人だった。

楓さんはどことなくぎこちなさがあるというか、昨日まで見られた過度なスキンシップから一転して落ち着きを取り戻していた。抱き着かれたり腕を組まれたり愛を囁《ささや》かれたりするのが恥ずかしかったのにいざそれがなくなると恋しくなるのは人間の性《さが》だな。

一方の二階堂はむくれ面とまではいかないが、時折腕を組んで考え込みながら〝私にもチャンスが……？　いや、それはダメ。絶対にダメ〟とぶつぶつ呟《つぶや》いている。うん、こっちの方が重症だな。

「なぁ、大槻さん。もしかして昨日の夜、楓さんと二階堂の間で何かあった？」

気にはなっていたがタイミングがなく、京都駅に着いてようやく明和台高校を代表する美少女二人がおかしくなった原因を知っていそうな大槻さんに俺は小声で尋ねた。

「何かあったのか、じゃないよ！　二人の調子が絶不調を通り越して溶けている原因は他でもないヨッシー、キミだよ！」

「なん……だ、と？」

「昨夜、楓ちゃんから海外留学の件で話を改めて聞いたんだよ。それでひと悶着《もんちゃく》とまではいかないけどちょっとした女の戦いがあってね……」

なるほど、そういうことだったのか。後でちゃんと説明すると言っていたがまさかそんな事態になっていたとは。

「そのせいで就寝前のドキドキ女子トークはおしゃかになるし、楓ちゃんと哀ちゃんはあんな感じになっちゃうし……もう大変だよ！」

「なるほど、そういうことだったのか……」

「それでも楓ちゃんはいつも通りなんだけど深刻なのは哀ちゃんの方だね。あの子、ヨッシーのことが大好きみたいだし」

そう言ってジト目を向けてくる大槻さん。どうして二階堂の想《おも》いを知っている？　まさか話を聞いたのか？

「なっ⁉　ど、どうしてそれを⁉」

「いやいや……どうしても何も、哀ちゃんのヨッシーを見る目を見れば誰だってわかると思うけど？　ヨッシー大好きオーラ隠せてないもん」

呆《あき》れた様子で肩をすくめながら大槻さんは言うが、それはあくまで彼女に限った話であって他のみんなは気付いていないはずだ。

特に高一の頃から一緒にいる伸二とはそういう話をしたことすらないからな。というか大好きオーラってなんだよ。楓さんのピンクオーラとは別物か？

「まぁ半分、3割くらい冗談だけどね。ただ前々から哀ちゃんから色々話を聞いていたから……そんなことよりヨッシーが気に掛けるべきは楓ちゃんの方だよ」

「……え？」

「楓ちゃんの彼氏として、一生を添い遂げる運命の相手として、キチンと向かい合わなきゃダメよ、ヨッシー？」

「……言われなくてもわかっている。けじめはちゃんとつけるよ」

「それならよろしい！　さて、そろそろ内緒話はこの辺で終わり！　これ以上ヨッシーを独占していたら後ろの二人に怒られちゃうよ！」

いつものようにおどけた調子で言いながら駆け足で伸二の下へと向かう大槻さん。そして一人にされた俺の背中に突き刺さる極寒の視線が二つ。うん、どんな顔をしているのかだいたい想像出来るから振り返りたくない。

「うぅ……私だって勇也君とイチャイチャしたいのに……！」

「吉住のバカ……スケコマシ。でも……ハァ……好き」

頬をぷくぅと膨らませながら歯ぎしりが聞こえてきそうな楓さんの怨嗟《えんさ》の声と、怒っているかと思えばアンニュイなため息を吐く二階堂。情緒不安定すぎて別の意味でドキドキする。

「それじゃみんな、一時間後の13時にこの場所に戻ってくるように！　遅れたら新幹線に乗れないからくれぐれも時間は厳守するように！」

藤本先生の号令を合図に生徒達はちりぢりに分かれていく。俺も梨香《りか》ちゃんとタカさん夫妻にお土産を買いに行くとするか。

「勇也君、梨香ちゃんにお土産を買うんですよね？　私も一緒に行ってもいいですか？」

「もちろん。むしろ一緒に選ぶのを手伝ってくれたら助かるよ」

「フフッ、私でよければ喜んで！」

善は急げです！　と楓さんに手を取られる。その背後で大槻さんが二階堂に声をかけていた。

「哀ちゃんはどうする？　何か買いに行く？」

「うん。バスケ部のみんなへお土産を買わないといけないからね。あとは家族の分。秋穂は？」

「私もママとパパから生八つ橋買ってきてって頼まれているんだよねぇ。それなら一緒に行こうよ！　シン君はどうする？」

「僕は荷物番をしているよ。家族へのお土産はホテルでもう買ってあるしね。だから気にしないで行っておいで」

すでに買ってあるとは抜け目がないな。余談だがサッカー部へのお土産は別のクラスにいる新キャプテンが購入することになっている。

時間に遅れないようにね、と笑顔で手を振る伸二に見送られて俺は楓さんと、大槻さんは二階堂とそれぞれ分かれてお土産購入に向かった。

「梨香ちゃんのことを考えると定番の抹茶味は控えた方がいいかもしれませんね。小学二年生にはまだ早い大人な味ですから！」

フフッと不敵な笑みを零《こぼ》す楓さん。ちなみにドヤ顔でこんなことを言っているが楓さんの味覚もお子様に近い。以前、お母さんの桜子《さくらこ》さんが出張のお土産にと買って来てくれた抹茶味のお菓子を食べて苦い顔をしたことがあった。

「やっぱり梨香ちゃんにはチョコレート系がいいと思うんですよね！　ほら、これとかどうですか⁉」

そう言って楓さんが指差したのは可愛《かわい》らしいイラストが描かれた紙に包まれた一口サイズのブラウニー。味はチョコだけでなく、抹茶小豆、ミルクキャラメルなど大人から子供まで楽しめるお菓子だった。

「しかもこれは京都のお店でしか買えないみたいです。お土産にはうってつけじゃないですか？」

「うん、そうだね。これなら梨香ちゃんだけじゃなくてタカさんや春美《はるみ》さんも喜んでくれそうだ。というか楓さんは何か買わなくていいの？」

俺は大西家へのお土産を手に取りながら尋ねる。桜子さんや一宏《かずひろ》さんに買っていかないのだろうか。いや、むしろここは日頃の感謝を込めて買うべきか？

「勇也君ならそう言うだろうと思っていました！　だから一緒に選びませんか？　私達からお土産ということで渡せばきっと喜んでくれると思います！」

「……なるほど、全てお見通しだったってことか。うん、そういうことなら是非とも協力させてもらうよ」

「ありがとうございます、勇也君！　それじゃ時間の許す限りゆっくりじっくりしっぽり見て回りましょう！」

そして楓さんはいつものように満面の笑みを浮かべながら俺の腕にギュッと抱き着いてきた。だがこの感触を味わえるのもあと一年と思うと寂しくなる。

「どうしたんですか、勇也君？」

キョトンと首を傾《かし》げながら宝石のような瞳を向けてくる楓さん。この胸にシコリのように閊《つか》えている感情を伝えなければならない。

でもどうしてだろう。貴音姉さんにも言われたことなのに最後の一歩がどうしても踏み出せない。

これを口にしたら楓さんの未来を変えることになってしまうかもしれない。そう考えると怖くてたまらない。一生を左右するかもしれない大事な選択なのに俺がわがままを言っていいのだろうか。だから俺は――

「ううん、何でもないよ」

湧き上がる気持ちに無理やり蓋をして努めて笑顔で答えた。せっかくの修学旅行の締めくくりにするような話じゃない。

だけどこの時の俺は、この想いを一年間も口に出来ぬまま、高校卒業まで過ごすことになってしまうとは思ってもいなかった。

幕間《まくあい》②・彼女と友達でいる為に

I'm gonna live with you not because my parents left me their debt but because I like you

吉住《よしずみ》達と別れてから私——二階堂哀《にかいどうあい》は親友の秋穂《あきほ》と一緒にお土産屋さんを見て回っていた。

「ねぇ、哀ちゃん。ヨッシーにプレゼントとか買わなくていいの？」

「んんっ⁉　いきなり何を言い出すのさ、秋穂⁉」

バスケ部のみんなへのお土産をどれにしようかと選んでいる最中、突然秋穂が爆弾を投げつけてきたので思わず素っ頓狂な声が漏れた。

「せっかくの修学旅行なんだし、御守《おまも》り以外で何かヨッシーに贈ったらいいのに。まだ好きなんだよね、彼のこと」

「……ううん。違うよ、秋穂。好きじゃなくて……大好きなんだよ。吉住のことが」

夏祭りの花火の下で一年以上抱えてきた想いをけじめの為に彼に伝えた。でもそれは私の中でより強く、より一層募るばかりで一向に消えようとしてくれない。

「ハァ……哀ちゃんが恋する乙女で少女漫画みたいな恋をしているのはわかっていたけど、まさかここまで拗《こじ》れているとは思わなかったよ。ファンの子達が知ったら卒倒するんじゃない？」

やれやれと苦笑いを浮かべて秋穂は肩をすくめる。確かに私は少女漫画のヒロインみたいな恋に憧れているけれどそんなに酷《ひど》いだろうか。あといくら何でも私が片思いしているくらいで倒れるような子なんていないと思う。

「私が恋する乙女になっているのがそんなに意外？　そもそも明和台《めいわだい》の王子様なんて呼ばれているけど気が付いたらいつの間にかそう呼ばれていただけで、自分から望んだわけじゃないからね？」

「前にも言ったかもしれないけど意外でも何でもないよ？　むしろ私としては哀ちゃんの恋心とか可愛い一面とか知っている数少ない友人になれて嬉《うれ》しいくらいだよ」

「私は別に可愛くなんて……」

「謙遜することないと思うけどね？　ヨッシーに時折向ける哀ちゃんの視線や表情は、女の私でも思わずキュンキュンしちゃうくらい可愛いもん！　楓《かえで》ちゃんとイチャイチャしているのを見る時なんかは嫉妬で頬をぷくぅって膨らませていて控えめに言って最高だよ？」

思わず写真に収めたくなるくらいにはね、と秋穂はスマホを掲げながら言う。まさかすでに実践済みなんて言わないよね。もしそうなら今すぐ削除してもらわないと。

「それにしても本当に難儀な恋をしているよね、哀ちゃんは」

「フフッ、そうだね。勝てないとわかっているのに、吉住を苦しめることになるとわかっているのにけじめをつける為《ため》に告白してあえなく散った敗残兵。そのくせ未練たらたらなどうしようもない女だよ、私は」

自嘲気味に言いながら私は肩をすくめて苦笑する。

夏休み。打ち上がる花火の下で私は一年近く熟成させていた吉住への思いを告白した。結果は言わずもがな。

しかもけじめをつける為に告白したのに新しい恋を探すどころか彼への思いは増す一方。そんな絶対に実ることのない恋に悩みつつもこうして京都の街を一緒に散策出来ることを喜んでいたら一葉《ひとつば》さんが卒業したら海外留学に行くと言うではないか。おかげでパニックに陥り昨夜は中々寝付けなかった。

「ねぇ、哀ちゃん。哀ちゃんがヨッシーに告白したことを楓ちゃんは知っているの？」

「どうだろう……でも告白する前から一葉さんは私の吉住に対する気持ちに気付いていたと思うし、吉住のことだから私から告白したことを伝えているんじゃないかな。まぁ確信はないけどね」

「あぁ……確かに。誰よりも楓ちゃんのことを大切に思っているヨッシーなら告白されたことを話していそうだね」

告白した私に対してもそうだったように吉住は他人を悲しませるようなことは絶対にしない。その相手が一葉さんともなればなおさらだ。

春休み前に少しすれ違いがあったと秋穂から小耳に挟んだけど、本当にそんなことがあったのか疑わしいくらいのラブラブぶりを新学期早々に見せつけられた時は泣きそうになったものだ。

「ねぇ、哀ちゃん。もしもこのまま本当に楓ちゃんがヨッシーをおいて海外留学に行くことになったら哀ちゃんはどうする？」

「まったく……秋穂は顔に似合わず残酷なことをどストレートに聞いてくるよね。そういうところ、嫌いじゃないよ」

オブラートに包むということを一切せずに尋ねてくる秋穂に思わず私の口から苦笑いが零れる。しかしこの質問は私自身も考えたことで、そのことを考えていたら修学旅行期間中まともに眠れなかった。

「どうするもこうするもない、っていうのが答えかな？」

「あれ、意外な答えだね。いない間に奪っちゃえ！　とは考えないの？」

突然何を言い出すんだ、秋穂は。何食わぬ顔で私に吉住を一葉さんから寝取ればいいじゃないと提案するとはどうかしている。

大事なのは吉住の気持ちだ。彼の一葉さんへの思いはこの先どんなことがあっても変わることはないと私は思っている。ただ吉住の過去を考えれば、わずかながらに寂しさという隙が生まれる可能性も0ではない。

実の両親に借金を押し付けられた挙句捨てられた吉住。そんな彼を孤独から救った一葉さんがいなくなったら彼はまた独りぼっちになってしまう。だけど、

「吉住の孤独と寂しさの隙間に収まったとしても、私は絶対に一葉さんの代わりにはなれない。そんな形で彼を独り占めしたところで惨《みじ》めなだけだし、何より誰も幸せになんてならないよ」

むしろ幸せになるどころか苦しみを舐《な》め合うような爛《ただ》れた関係でしかない。そうまでして吉住勇也《ゆうや》を独占したいと思うほど私は落ちぶれてはいない。

「それにね、秋穂。きっと吉住のことだから一葉さんに抱えている思いを伝えているんじゃないかな？　本音を包み隠さず口にすることが出来るから二人はメオトップルなんて呼ばれているんだと思うけど？」

「さすが哀ちゃん。ヨッシーのことをよくわかっているんだね。それと変なことというか残酷なことを聞いてごめんね」

「別に、気にすることないよ。確かに下世話な質問だったけど、秋穂なりに私のことを考えてのことなんでしょう?」

「まぁ、ね。もしも哀ちゃんがヨッシーを略奪しようって考えていたらたとえ嫌われてでも全力で止めないといけないよねって思ってさ。叶《かな》うことなら高校、大学を卒業して大人になってもこのメンバーとは友達でいたいからさ」

まったく、本当に我が班長は見かけによらず気配り上手というか。これでは余計な心配をするなと説教する気も霧散するじゃないか。

「まぁでも……昨日も口にしたけど、吉住を悲しませるような選択をした一葉さんに対して思うことがないって言ったらウソにはなるかな。二人の中で昇華したとしても、こればかりは本気でぶつかり合わないと私の気が収まらない」

「その気持ちはわからなくもないけどね。でもそれをするのは修学旅行が終わってからにしてくれると助かるかな。さすがに私の身が持たないから!」

「フフッ。大丈夫、ちゃんと修学旅行が終わってからにするよ。それにこれは対決というよりは単なる儀式みたいなもの。変なことにはならないと思うから安心して」

そう言いながら私は目に入ったお土産を一つ、適当に手に取る。それはガラスボトルに入ったチーズケーキ。見た目も可愛《かわい》らしく、味もプレーンの他に抹茶・イチゴの三種類あってどれも美味《おい》しそうだ。

「あっ、そう言えば哀ちゃん。文化祭の時に後輩のバスケ部の男の子と一緒に回っていたよね？　もしかしてそれはその子へのお土産？」

ホント、どこでそういう情報を仕入れて来るのやら。もしかして明和台の高校で起きるこの手の話で知らないことはないんじゃないだろうか。

「ただ可愛いなぁって思っただけで別に八坂《やさか》君へのお土産ってわけじゃ……それに個別に渡したら傷つけるだけだから……」

「傷つける？　もしかして哀ちゃん、その八坂君って後輩から……？」

キミのような勘のいい子は嫌いだよ、と心の中で呟《つぶや》きつつ肩をすくめる。ここまでくると察しがいいを通り越してエスパーの類だ。

「ご明察。告白されたよ。まぁそれがあったから私も吉住に気持ちを伝えようと思ったんだけどね」

「……なるほど、だいたいわかったよ。つまり〝気持ちに応えられなくてごめんなさいをした男の子〟に対して個別にお土産を渡したら変な期待をさせて辛《つら》い思いをさせるだけだからどうしようか悩んでいるんだね」

「ホント、秋穂は何でもお見通しなんだね。その通りだよ。気持ちが実らないのがわかっているのに相手からお土産を渡されたら辛いだけじゃない？」

「哀ちゃんの言っていることは正しいと思うけど〝辛い〟の前にまず〝嬉しい〟が先に来るんじゃないかな？」

もしも吉住からお土産だと言ってプレゼントを渡されたら。確かに嬉しくて一人部屋に帰って飛び跳ねることだろう。つまり八坂君も――？

「きっと八坂何某《なにがし》君も嬉しいと思うよ？　なにせ好きな人からのお土産なんだもん。飛んで跳ねて大喜びすると思うよ。そして好きになってもらおうと頑張るんじゃない？」

なんて言うのは考えすぎかな、と言って秋穂は笑うが〝振り向いてもらえるように頑張ります〟と宣戦布告されているのであながち間違いではない。

「フフッ。確かにそうかもね……なら日頃の頑張りへの労《ねぎら》いを兼ねて何か買って行ってあげようかな。結《ゆい》の分と一緒にね」

どうして八坂君の分はあるのに私の分はないんですか⁉　とプンスカ怒る結の姿が目に浮かぶ。それはそれで可愛いから見てみたい気もするがそれ以上に宥《なだ》めるのが面倒だ。

「そうそう、それくらいの気持ちでいいと思うよ！　でも一つだけアドバイスをすると……って言うまでもないかな？」

「日持ちしないものはやめた方がいい、でしょう？」

渡した時に消味期限が切れていましたでは労うどころかただの嫌がらせにしかならないからね。

「よしっ！　そうと決まれば改めてお土産屋巡りをするとしようか！　時間がないから急がないと！」

「ちょ、秋穂!?　何回も言っているけどいきなり引っ張らないで！　あと走ったら危ないから！」

この後、集合時間ギリギリまで考えた末に私が八坂君と結の二人へのお土産に選んだのは宝石のように綺麗《きれい》な見た目の【琥珀糖《こはく》】という和菓子の詰め合わせ。

写真映えを気にするようなタイプではないが果たして喜んでくれるだろうか。そして一葉さんといつ話をしようか。

だが結局。修学旅行が終わってからこれまでとは比較にならないほど部活に勉強と忙しくなり、一葉さんとはクラスも変わってしまったので話すタイミングを逃してしまうことになる。

第6話 ● 高校三年、クラス替えと最後の夏

I'm gonna live with you not because my parents left me their debt but because I like you

季節は廻《まわ》り、春。

三年生に進級して俺と楓《かえで》さんは変わらず同じクラスになったが二階堂《にかいどう》や伸二《しんじ》、大槻《おおつき》さん達は別々になってしまった。

進路選択の関係上致し方ないとはいえ、一緒にいるのが当たり前だったみんなとバラバラになるのはやはり寂しいものがある。伸二の呆《あき》れた顔のツッコミも、二階堂の理不尽ともいえるぼやきも日常を彩《いろど》る大事なピースだったと痛感する。

「ハァ……まさか楓ちゃんと別々のクラスになっちゃうとは思わなかったなぁ。てっきり卒業まで一緒だと思ったのに」

昼休み。新学期になって早二週間余り。クラスと学年が変わったとはいえこの時間だけは今まで変わることなく、いつものメンバーで集まって昼食を食べていた。

「私もすごく残念ですが、こればっかりは文系か理系、どちらの進路を選ぶかで変わるの

唇を尖《とが》らせながら言う大槻さんに苦笑いを零《こぼ》しながら慰めの言葉を贈る楓さん。この二人はクラスが変わった程度で付き合いが希薄になるような脆《もろ》い関係ではない。

「まぁ楓ちゃんとヨッシーのメオトップルから解放されたのが唯一の救いだね。糖尿病の心配もこれでなくなったよ！」

「秋穂《あきほ》の言う通りだね、って言いたいところだけど私から言わせたら毎日見せられるのが吉住《よしずみ》と一葉《ひとつば》さんのイチャイチャが秋穂と日暮《ひぐれ》のイチャイチャに変わっただけで大差はないんだけど」

そう言いながらヤレヤレと困った顔で肩をすくめる二階堂。明和台《めいわだい》高校を代表するバカップルのイチャつきを一人で耐えるのはさぞ辛かろう。もしも文化祭でベストカップルコンテストがあったらこの二人がぶっちぎりで優勝すること間違いなしだ。

それにしても相変わらずアンニュイな表情が様になっているな、この王子様は。

「まぁ秋穂と日暮はいいとして。吉住も気を付けた方がいいよ。受験勉強のストレスでみんなイライラしているところに一葉さんとのイチャイチャを見せつけたら何をされるか本当にわからないよ？」

「……おいおい、物騒なことを言うなよ。いくら何でもそんなことは――」

「いや……哀《あい》ちゃん先輩の言う通りですよ、吉住先輩。事情を知らない新入生達を含めて楓ねぇに惚《ほ》れている男子はごまんといるんです。だから月のない夜は気を付けないとダメですよ？」

暗く淀《よど》んだ瞳と邪悪な微笑《ほほえ》みを浮かべ、背筋の凍り付くような低い声音で物騒なことを口にしたのは結ちゃんだった。いくら楓さんが日本一可愛い女子高生であってもそんな漫画の世界みたいなことが起きるはずがないと思うのだが。

ちなみに余談だが、二年生に進級した結ちゃんのクラスに大きな変化はなく、八坂君ともまた同じになったとのこと。聞くところによると今年の球技大会で俺にリベンジすると息巻いているとかいないとか。望むところだ。

「チッチッチッ。相変わらず認識が甘いですね、吉住先輩。いいですか、今でこそ私達二年生の中に楓ねぇに告白して吉住先輩から寝取ろうなんて邪心を抱いている男子はいませんが、新入生はそうじゃありません！　自分に自信のある数名の男子生徒がすでに楓ねぇに接触を試みようと画策しているんです！」

「…………はい？」

この金髪美少女は何を話しているんだ？　あまりにも突拍子もない話に理解が追いつかず呆《ほう》けた顔をしていると、合法ロリ巨乳に拍車がかかった同級生が訳知り顔で話に加わってくる。

「結ちゃんの情報は間違っていないよ、ヨッシー。楓ちゃんの笑顔に心臓を撃ち抜かれた新入生《被害者》の一部が撃沈覚悟の突撃をいつしてきてもおかしくない状況だからね。まぁ哀ちゃんなんだけど」

「んんっ⁉　ちょっと待って秋穂。どうしてそこで私の名前が出てくるの⁉」

突如標的にされて素っ頓狂な声を上がる二階堂。三年生になるのに相変わらずこの王子様は明和台高校の三大美少女――今ではそこに結ちゃんも加わって四大美少女になっているとか――の一角を担《にな》っている自覚がないようだ。

「甘いよ、チョコレートより甘いよ、哀ちゃん！　ヨッシーっていう最大にして最強の障壁がある楓ちゃんに比べて傍から見ればフリーな哀ちゃんはこれ以上ない標的だよ！」

「大槻先輩の言う通りですよ、哀ちゃん先輩。最近髪も伸びてカッコイイだけじゃなくて色気も増しててヤバイって界隈《かいわい》がざわついているくらいですから、これから夏休みまでの間に告白ラッシュで大変なことになると予告しておきます！」

修学旅行以来、二階堂は髪を伸ばすようになり、それが元々あった二階堂の魅力をさらに引きたてている。だから色気が増したという結ちゃんの言葉はまさに言い得て妙《みょう》というか、楓さんとは少し違った妖艶《ようえん》な魅力が加わった。

「まぁ哀ちゃんも哀ちゃんで楓ちゃん並みの鉄壁だからすぐに告白の波は収まると思うけどね！」

「それもそうですね！　哀ちゃん先輩の心を動かせる男子は明和台高校にはもういませんもんね！」

「秋穂、結。今度説教だからね？」

アハハと笑う二人に対して額に青筋を立ててワナワナと拳を震わせる二階堂。息の合ったトリオ漫才を見せられて自然と俺の口から笑いが漏れる。

「……何を笑っているのさ、吉住？」

目ざとく気付いた二階堂が一瞬で標的を俺に向ける。不満そうにぷくぅと頬を膨らませて唇を尖らせるのはクールな見た目とのギャップがあって可愛いのでやめてほしい。

「他意はないよ。ただクラスが変わってどうなることかと思ったけど今までと変わらないなぁって思ったらなんか嬉《うれ》しくてさ」

「そっか……」

「何を言い出すのさ、ヨッシー！　二年近く一緒に過ごした私達の友情はこの程度で揺らぐわけないでしょうが！」

どこか寂しそうに睫毛《まつげ》を伏せる二階堂に対してプンスカと不満そうにする大槻さん。隣にいる伸二はヤレヤレと頭《かぶり》を振りながら俺の肩をバシッと叩《たた》いてきた。地味に痛い。

「感傷に浸るなんて勇也《ゆうや》らしくないぞ！　そんなに僕らと離れ離れになったのが寂しかったの？」

「……うるせぇよ」

ニシシと意地の悪い笑みを浮かべる伸二。図星を指摘されているので何も言い返せないが釈然としないので親友の頭に理不尽な手刀を落とす。

「今からそんな調子で大丈夫ですか、吉住先輩？　卒業したらみんなバラバラになりますし、楓ねぇとだって――――！」

「結ちゃん、それ以上はストップです。まだ一年あるのに卒業後のことを考えるのはやめましょう」

しょぼんと肩を落とす結ちゃんの頭を優しい笑みを浮かべながら楓さんがそっと撫《な》でる。

俺達の中で楓さんが海外留学をする話を聞いて最も取り乱したのは結ちゃんだった。

無理もない。大好きな人と中学の三年間を別々に過ごし、高校でようやく再会できたと思ったらまたすぐに離れ離れになるのだ。ショックを受けるのも当然だ。

「一葉さんの言う通りだよ、結。それに卒業が今生の別れになるわけじゃない。会おうと思えばいつでも会えるよ。たとえ相手が海の向こうに行ったとしてもね」

「そういうことです。だからこの話はこれで終わりです！　そんなことより今年のゴールデンウィークのことを話しませんか？」

「楓ねぇショックですっかり忘れていたけど来週になれば待ちに待ったゴールデンウィークが来るんだった！」

しぼんだ風船に空気が入ったが如《ごと》く、一瞬で元気を取り戻す結ちゃん。だが悲しいかな、俺達受験生にとって華の黄金週間は地獄の長期休みでもある。

「結、テンション上がっているところ悪いけど今年の私達に遊んでいる余裕は――――」

「そうだよ！　そろそろゴールデンウィークの予定を考えないとだよね！　今年はなにして遊ぼうか？」

余裕はない、二階堂がそう言おうとするよりも早く大槻さんがハイテンションで上から被《かぶ》せた。

「いやいや、秋穂。私達は受験生なんだよ？　遊んでいる暇なんてないと思うけど……」

「哀ちゃんの言うことは一理あるけどね？　あるけどやっぱりどこかで息抜きしないとしんどいよ！　だってこれから半年以上勉強漬けの毎日だよ？　夏休みもクリスマスも年末年始も参考書と過ごすんだよ？　ならゴールデンウィークの一日くらい羽を伸ばしてもいいと思わない⁉　思うよね⁉」

二階堂の正論を打ち消すような大槻さんの魂の叫びがカフェテリアに響き渡る。〝一日くらい〟というのが謙虚というか、状況はわかっているけどそれでもなお譲れない切実な思いがヒシヒシと伝わってくる。

「大槻先輩の言う通りですよ、哀ちゃん先輩！　部活と勉強に集中するのはいいですがたまには羽を伸ばさないと息切れしちゃいますよ！　吉住先輩もそう思いますよね⁉」

「ここで俺に話を振られても困るんだけど……まぁ一日くらいならいいんじゃないか？たまには休まないとダメだぞ、二階堂」

そうじゃないといつかの楓さんのように倒れるからな、と心の中で付け足す。現に結ちゃんの言う通り、修学旅行が終わってからの二階堂の部活に賭ける思いは鬼気迫るものがあった。もしかしたら結ちゃんはそれを心配しているのかもしれない。

「まさか吉住が賛成に回るとはね。日暮は聞くまでもないとして、一葉さんも同じ意見ってことでいいのかな？」

「はい！　みんなの言う通り、一日くらい遊ぶ日を作ってもいいと思うんです！　それに遊んだからと言って全く勉強しないわけでもないですから。そうですよね、勇也君？」

楓さんの笑顔の圧力に屈して俺は首を縦に振った。何もしないとそれはそれで不安になるが受験生に真の意味で休みはないってことだよな。

「フッフッフッ。つまりこの提案は賛成多数で可決！　諦めて私達と一緒に遊ぼうね、哀ちゃん！」

「ハァ……わかった。私の負けだよ、秋穂。私も参加させてもらうことにするよ」

「やったね！　それじゃ何をするか考えようか！　私的にはカラオケでストレス発散するのが良いと思うんだけどどうかな⁉」

諦めて肩をすくめる二階堂を尻目に早速やりたいことを口にする大槻さん。それに結ちゃんが速攻で反応する。

「あっ、カラオケとはナイスアイディアです、大槻先輩！　噂《うわさ》の吉住先輩のデスボイスが聴きたいです！」

「私も勇也君の歌声聴いてみたいです！　いいですよね、勇也君？」

「いいも何も、どうせ楓さんは俺の答えは聞かないんだよね？」

「フフッ。さすが、私のことをよくわかっていますね。その通り、勇也君の答えは聞きません！」

そう言いながら見慣れたドヤ顔とともにえへんと胸を張る楓さん。けれど二つの果実がたゆんと揺れる光景は何度見ても慣れないな。

「私もカラオケでいいよ。久しぶりに吉住の美声（笑）を聴きたいしね。もちろんヘドバンしてくれるんだよね？」

「全力でお断りだ。あと（笑）は余計だ、（笑）は」

クックツと小馬鹿にするような悪い笑いを零《こぼ》す二階堂。カラオケでヘドバンなんてしないし、喉に負担のかかるシャウトもしない。

「それじゃ満場一致でカラオケで決まりということで！　たくさん歌ってストレス発散しようね！」

「はいはい！　大槻先輩、カラオケだけじゃ寂しいのでボーリングなんてどうですか⁉　六人いるのでチーム対抗戦しましょうよ！」

「おぉ！　たまにはいいね、ボーリング！　その意見採用だよ、結ちゃん！」

もちろん罰ゲーム込みで、と鼻息を荒くしながら提案する結ちゃんに全力で乗っかる大槻さん。息抜きどころかがっつり遊ぶ気満々じゃないか。

「今から気負っていたら身が持ちませんよ、勇也君。少し肩の力を抜いて楽に行きましょう？」

そう言ってニコッと天使の微笑を浮かべる楓さん。息抜きもそうだが、こうしてこのメンバーで遊べる機会も限られている。それを考えたらこの時間は貴重なもの。全力で楽しまないと損だよな。

「フッフッフッ……これまで散々運動神経の良いみんなにぼろ負けしてきたけど、その借りを返す時がついにやってきたぜ！」

瞳に燦々《さんさん》とした炎を滾《たぎ》らせながら拳を作る大槻さん。楽しむことをモットーにしている彼女にしては珍しく勝つ気満々な様子に俺は言い知れぬ不安を抱いた。

「……ねぇ、楓さん。もしかして大槻さんって――」

「勇也君の想像通り、秋穂ちゃんのボーリングの腕前はずば抜けています。私の記憶が正しければ平均スコアは２００を軽く超えていたはずです」

そこまでいくと最早《もはや》プロの領域に片足を突っ込んでいると言っても過言ではない。というか大槻さんにそんな才能があったとは。ある意味楓さんより長い付き合いなのにまだ知らない一面があったんだな。

「あぁ、大変だなぁ。今からどんな罰ゲームをしてもらうか考えるの大変だなぁ」

「ねぇ、秋穂。そんなに大変だ、面倒だって言うなら罰ゲームなんてしなければいいんじゃないかな？」

まったくもって大変そうじゃない、むしろ嬉々《きき》とした様子で頭を悩ませる大槻さんに思わず苦笑いを浮かべる二階堂。

「いやいや。哀ちゃんには申し訳ないけどこれは私の大事な役目なんだよ。どんなに大変でも絶対考えないといけないことなの。だから安心してその日が来るのを待っててね！」

「うん、まったく、これっぽっちも、全然安心出来ないからね？」

二階堂の言葉に俺と楓さん、結ちゃんさえも同意を示すように頷《うなず》く。ただ一人、伸二だけは呑気《のんき》に紙パックのジュースを飲みながら〝ほどほどにね、秋穂〟と愉快そうに笑っていた。

「秋穂ちゃん、参考までに今思いついている限りの罰ゲームを教えてくれますか？　当日告知の前に検閲させていただきます！」

「一葉さんの言う通りだよ、秋穂。どうせろくでもないことを考えるのは目に見えているんだから事前にチェックさせてもらうよ！」

「そんなぁ⁉　私の信用、低すぎぃ⁉」

二人の詰問《きつもん》に頭を抱えて嘆く大槻さん。自業自得《じごうじとく》だから仕方ないし、何なら三人で罰ゲームを考えたらいいんじゃないかな。その方がフェアだ。

最終的に結ちゃんを交えた女子四人でワイワイ楽しそうに罰ゲームの話をしている様子をぼんやりと聞きながら俺は一人心の中で安堵《あんど》のため息をこぼす。

クラスが変わっても今まで変わらない学校生活が送れて本当に良かった。この六人で集まれる時間も限られている。一日一日を大切に過ごそう、改めてそう誓うのだった。

＊＊＊＊

季節は流れて蟬時雨《せみしぐれ》が最高潮に達する夏。

この日は明和台高校女子バスケ部創設以来、初めての全国大会出場の夢がかかった大一番。俺と楓さん、伸二と大槻さんの四人はその応援に総合体育館に来ていた。

「大丈夫、まだ時間はある！　このまま攻めて行けば必ずチャンスはくるから諦めずに行こう！」

「「「「はいっ！」」」」

むせ返るような熱気と双方の応援が飛び交う体育館。額から流れる大粒の汗をぬぐいながら発せられた二階堂の檄《げき》に結ちゃん達が威勢よく答える。勝者は栄光を摑《つか》めるが敗者の手元には何も残らない、生か死かを決める大一番が真下のコートで繰り広げられていた。

「残り時間は三分。点差は二点。一つのミスが勝敗を分けそうですね」

「二階堂達が勝つ為にはまずは相手の攻撃を凌《しの》いで同点に持ち込むこと。そこから先は気力の戦いかな」

序盤からここまで一進一退の攻防が続くシーソーゲーム。この均衡をうち破った方がこの戦いを制して全国への切符を掴むだろう。そしてその重責を担《にな》うのはいつだってチームのエースだ。

「頑張ってください、二階堂先輩！」

ひと際大きな声援を送る一人の男子生徒。その声の主はたゆまぬ努力で二年生ながらにして男子バスケ部のエースと呼ばれるまで成長した八坂保仁《やすひと》君。

「宮本《みやもと》も頑張れ――――！　全国は目の前だぞぉ‼」

男子バスケ部は惜しくも地区大会で敗退となったが、その分決勝まで進んだ女子に自分達の夢を託すように皆声を張り上げている。まぁ八坂君の場合は別の熱が入っているのだが。

様々な思いが交錯する中、試合が相手ボールで再開される。明和台高校が勝つ為に必要なのは得点を重ねることはもちろんだが、どこかで相手の攻撃を凌ぐ必要がある。

サッカー以上に攻守の切り替わりが激しいバスケの場合一つのミスが一瞬で得失点へ繋《つな》がってしまう。殊更試合終盤ともなれば双方にとって致命傷となるだろう。

「頑張れ、哀ちゃん‼　ほら、ヨッシーも楓ちゃんも声出して！」

試合開始から休まず声援を送り続けている大槻さんに急《せ》かされて俺達も全力で最後まで応援する。

両者一歩も譲らず、得点差は縮まることなく残り時間はラスト一分へ突入する。二階堂や結ちゃん達は必死にディフェンスをしているがどこかで勝負に出なければ時間を潰されてゲームセットだ。

「攻めろ、二階堂――‼」

喉が嗄《か》れることを厭《いと》わず、俺は声を張り上げた。

「――うん」

二階堂の口元にわずかな笑みが浮かび、小さく頷いたように見えた。残り時間が三十秒を切ったところで、三年間、明和台高校女子バスケ部を引っ張ってきたエースが勝負に出る。相手のパスコースを完璧に読んでボール奪取に成功する。

「速攻――っ‼」

走れ、とエースが叫ぶよりも前に動き出していたのは他の誰でもない、二階堂が最も信頼する後輩。彼女に向けてロングパスを投げて一気に敵陣深くまで侵入する。

だが相手も万が一のカウンターに備えてゴール前には人を残していた。そのせいで結ちゃんの足が止まり、その間に守りをがっちり固められてしまう。

肩で荒い息を吐き出しながら鋭い眼光を飛ばす結ちゃん。この試合通じて一度もベンチに下がることなく走り続けてきた彼女はすでに限界を超えている。それでも尊敬する先輩が作ってくれたこの千載一遇のチャンスを決めるべく勝負を仕掛ける。

「いけ――――っ、結ちゃん！」

楓さんの熱い声に背中を押され、最後の力を振り絞ってゴール下へとドリブルで切り込んでいく。

最終盤でも落ちないスピードでマークを突破するも素早いカバーで二枚の壁が結ちゃんの前に立ちはだかる。これではシュートを打つことが出来ない。万事休す。誰もがそう頭を抱える中、しかし結ちゃんの口元には笑みが。

「――先輩！」

急制動をかけてストップし、体勢を崩しながらも正確に繰り出されるバックパス。そのボールを受け取ったのは他の誰でもない、明和台高校のエース。

「――――フッ！」

何度も見ても惚《ほ》れ惚《ぼ》れする美しいフォームから放たれたボールが綺麗《きれい》な放物線を描きながらリングの中へと吸い込まれる。

「「ワァアアアアアアアア！！」」

土壇場《どたんば》での同点に地鳴りにも似た歓声が体育館に響き渡る。楓さんと大槻さんも抱き合って飛び跳ねながら喜びの声を上げている。

「みんな、最後まで気を抜かないで！　この一本、絶対に守るよ！」

時計の針はカウントダウンに向けて動き出している。盛り上がる観客に引っ張られることなく二階堂は最後まで冷静だった。

試合はこのまま終了し、互いに譲らぬ激闘は延長戦へ突入する。

だがこの時点で結ちゃんを含めた明和台高校の選手たちはすでに気力を使い果たしていた。それでも彼女たちは最後まで食らいつき、試合終了後には惜しみない拍手が送られたのだった。

＊＊＊＊

「ううう……哀ちゃん先輩、引退しないでくださぁい！　もっと一緒にバスケがしたいですっ！」

手に汗握る熱戦が幕を下ろしたコート裏に、大粒の涙を流しながら二階堂の胸の中で泣きじゃくる結ちゃんの声が響き渡る。

「ありがとう、結。でもこれからのバスケ部はキミが背負っていくんだからいつまでも泣いていたらダメだよ？」

手のかかる可愛《かわい》い後輩の背中をさすって慰めながら困った顔をする二階堂。だが号泣しているのは何も結ちゃんに限った話ではない。すすり泣く声がそこかしこから聞こえてくる。

「お疲れ様だよぉ、哀ちゃん！　なんか自分のことのように悔しいよぉ」

「二階堂さん、感動をありがとうございます。ゆっくり休んでください」

それは応援していた俺達とて例外ではない。大槻さんの顔はくしゃくしゃになっているし、楓さんも感極まって瞳に膜を張っている。

「みんな、応援ありがとう。負けたのは悔しいけど全力を出した結果だからね。全国大会出場の夢は結達に託すよ」

「私には無理ですよぉ、哀ちゃん先輩ぃ！」

「はいはい。いつまでも泣かないの。涙を拭いて、前を向く！　未練はここにおいて新しいチームで私達の分まで頑張るんだぞ、結！」

バシッと結ちゃんの背中を叩《たた》いて激励を送る二階堂。その様子は一見すると清々《すがすが》しく、この戦いに後悔はないように思えるがその瞳は微《かす》かに揺れていた。

「さて、それじゃそろそろ着替えて撤収の準備をしようか。結のおかげでユニフォームがグチャグチャだよ」

アハハと笑いながら二階堂は言うと、一人でそそくさと歩き出す。きっとこの場にいる中でエースの心の内に気付いている者は少ないだろう。流石《さすが》に伸二は気付いていると思うが、大槻さんと楓さんは結ちゃんの慰めに気を取られているのでそれどころではない。

「伸二、ちょっとトイレ行ってくるわ。もし楓さんに聞かれたら――」

「大丈夫だよ、勇也。ちゃんと二人には勇也はお腹《なか》ピーピーになってトイレに駆け込んだって伝えておくから」

そう言ってグッとサムズアップする伸二。持つべきものは親友だが、もう少しまともな感じにできないだろうか。俺は思わず苦笑いを零《こぼ》しつつも〝助かる〟とだけ伝えて俺は二階堂の背中を追った。

二階堂はすぐに見つかった。いつかの時と同じようにエースは人気の少ない体育館裏に一人佇《たたず》んでいた。

「一年前と同じだな、二階堂」

「……吉住。な、何しに来たの？」

俺の問いかけに対する答えに含まれる感情は、一年前の球技大会で結ちゃんの気迫に呑まれそうになっていた時と違って驚きよりも戸惑いの成分が強かった。

「何をしに来たかって言えば……そうだな、さっきの試合のことで後悔していることがあるんじゃないかって思ってさ。例えば延長直前の同点のシュートとか」

「――!? ど、どうしてそれを……」

驚きに目を見開く二階堂。あの場面、結ちゃんからのパスをフリーでもらった二階堂が決めたシュートは完璧だった。これがなかったらそのまま負けていたのでベターな選択肢だったと俺も思う。だけど、

「もしもあそこでスリーポイントからシュートをしていれば……それが決まっていれば試合に勝っていたかもしれない。二階堂はそのことを悔やんでいるんじゃないのか？」

「……さすが、サッカー部元エースの目は誤魔化せないか」

肩をすくめながら二階堂はため息混じりの声で呟《つぶや》くと、深呼吸を一つ挟んでから静かな口調であの場面での心境を話し出した。

「頭の中では延長戦は戦えないことはわかってた。結を含めてみんな限界だった。でも私は怖かったんだ。あの場面でスリーポイントシュートを打ってもし外したら……そう考え

たら自然と足が一歩前に出ていたんだ……」

　毎日遅くまで居残って練習をしていたのはこの日この時、あの場面でチームを勝利に導くゴールを決める為。そして訪れた絶好機は得意な角度。この一本が決まれば悲願の全国大会に出場出来る。その見えないプレッシャーに押された消極的な選択が結果的に敗北に繋がってしまった。二階堂は涙を堪《こら》えながらそう語った。

「まったく……エースとか言われているのに情けない話だよね。あそこで逆転の一本を打てない選手がエースなわけがない。私のせいでみんなの夢が……」

「あの場にいた誰もが、この試合が二階堂の所為《せい》で負けたなんて思っていない。たらればを考えたら悔しいのはわかる。後悔するのもわかる。でもだからと言って負けたことを自分一人で背負い込むな。そんなことをしたら結ちゃんに怒られるぞ？」

　あの子が知ったら間違いなく〝哀ちゃん先輩のせいじゃありません！　私達全員の力が及ばなかったから負けたんです！〟と怒鳴り散らすことだろう。

「フフッ。それもそうだね。ところで、吉住。一つ、わがままを言ってもいいかな？」

「べ、別に構わないけど……俺に出来ることにしてくれよな？」

　哀愁を帯びた声で希《こいねが》われて俺はほんの一瞬だけ動揺する。同じ痛みと悔しさを知る者同士、出来る限りのことは叶《かな》えてあげたいと思うが、さすがに楓さんを裏切るようなことは出来ない。

「大丈夫、吉住と一葉さんには迷惑はかけないから。ただほんの少しの間だけ……背中を貸してほしいんだ。誰にも見られたくないんだ……」

「……わかった。俺でよければ、いいよ」

最後の言葉で全てを察した俺は何も言わずに黙って二階堂に背を向けた。

「ありがとう、吉住」

小さな声でか細い声で言いながら二階堂はコツンと俺の背中に頭をぶつけながらギュッと服を摑《つか》んでくる。

堪えていたものが決壊し、凛《りん》とした瞳から大粒の宝石のような涙がポロポロと零れ落ちていく。肩を揺らし、声にならない嗚咽《おえつ》を漏らす二階堂にかける言葉を持ち合わせていない俺はただただ黙って彼女のわがままに付き合うことしか出来なかった。

どれくらいの時間が経《た》っただろうか。ようやく落ち着きを取り戻した二階堂がようやく顔を上げて俺の背中から離れていくのがわかった。

「もう……大丈夫か？」

「うん、おかげさまで。わがまま聞いてくれて本当にありがとね、吉住。それと応援に来てくれて嬉《うれ》しかったよ」

「同じ悔しさを知る者として放っておけなかっただけだよ。そんなことよりそろそろ戻らないとまずいんじゃないか？　みんな心配するぞ？」

現に二階堂に背中を貸している間、俺のスマホは何度も震えていた。当然のことながらメッセージの主は楓さん。伸二が上手《うま》く説明してくれていることを願うばかりだが、きっと察しているだろうな。

「フフッ。確かに、そろそろ吉住を一葉さんに返却しないと大変なことになるね」

「……笑い事じゃないからな？」

「でも……うん、ちょうどいい機会だから一葉さんと腹を割って話そうかな」

色々思うところはあるしね、と言う二階堂の顔はつい先ほどまで悔しさで泣いていた女の子とは思えないほど真剣なものになっていた。

「安心して、吉住。これは私が一葉さんとこの先も友達でいる為……ううん。本当の意味で友達になる為の儀式みたいなものだから。キミに迷惑はかけたりしないからさ」

ポンッと俺の肩を叩いて走り出す二階堂。

一年以上、二階堂は楓さんのことを〝一葉さん〟と呼び続けた。それが〝楓〟と、真の意味で心を開ける友達となる為にきっと必要なことなのだろう。俺はそんな風に考えながら黙ってその背中を追うのだった。

「大丈夫ですか、勇也君⁉　お腹が大洪水って日暮君から聞きましたけど治りましたか⁉」

戻るや否《いな》や、心配した楓さんにお腹を何度もさすられた。伸二の奴《やつ》、本当にあのふざけた言い訳をしたみたいだ。あの男、許すまじ。

＊＊＊＊＊

試合観戦を終えて帰宅すれば、受験勉強という名の現実と向き合わなければならない。熱戦による興奮はすでに冷めているが、その代わりに二階堂が口にした〝一葉さんと腹を割って話す〟という言葉が気になって仕方がなかった。

「どうしたんですか、勇也君？　何かわからない問題でもありましたか？」

夕食を食べ終えてリビングで参考書を開いてこそいるが手が止まっている俺を見て楓さんが声をかけてきた。

「いや、大丈夫。ちょっと考え事をしていただけだから」

「本当ですか？　応援から帰って来てからなんだかずっと上の空ですが……もしかして二階堂さんに何か言われましたか？」

「……え？」

呆《ほう》けた声を出しながら俺は顔を上げる。視線の先にいる楓さんは不満そうにぷくぅと頬を膨らませていた。

「まったく……気付かないと思ったんですか？　日暮君の話が嘘《うそ》だってことくらい気付くに決まっているじゃないですか。試合に負けて落ち込んでいる二階堂さんを励ましに行っていたんですよね？」

全てまるっとお見通しです、とドヤ顔で言う楓さん。やっぱり気付いていたのか。敵《かな》わないな、ホント。

「……黙って行ってごめん。試合に負けた悔しさは痛いくらいわかるからさ。しかも全国大会出場がかかった大一番となればなおさらね。しかも二階堂はエースの意地なのか、みんなの前でそういう感情を表に出さないから心配で……」

「突然二階堂さんと勇也君の姿が見えなくなった時点でそうじゃないかと思っていたんです。それにしても前々から思っていましたが……勇也君と二階堂さんって似ていますね」

「俺と二階堂が？　全然そんなことないと思うけど……？」

「いいえ、似ています！　試合に負けた責任を抱え込むところとか、悔しい思いを二度としない為に毎日遅くまで練習をするところとかそっくりです！　あと自分の本当の気持ちを表に出すのが苦手なところも……」

　そう言いながら苦笑いを零して肩をすくめる楓さん。

「だからこそ二階堂さんは勇也君のことを――っと、話が逸《そ》れてしまいましたね。励ましに行った時にどんな話をしたんですか？」

「これは楓さんに関係することだから俺の口から言っていいのかわからないんだけど……二階堂は楓さんと――」

　話がしたいと言っていた、そう言おうとしたタイミングで楓さんのスマホがブルブルと震えた。しかもメッセージではなく電話。一体誰から？

「もしもし、一葉です？」

『遅くにごめんね、一葉さん。私、二階堂だけど今電話しても大丈夫？』

　噂《うわさ》をすればなんとやら。電話の相手は二階堂だった。思い返してみればこうして二階堂が楓さんに電話をしてくるのは初めてじゃないか？

「はい、大丈夫ですよ。二階堂さんから電話をしてくるなんて珍しいですね。何かありましたか？」

『確かに、こうして一葉さんに電話をかけるのは初めてかも。まぁそれはいいとして。もしかしたら吉住から聞いているかもしれないけど……この夏休みの間に二人きりで会って話がしたいなって思ってさ。時間取れるかな？』

「……ええ、大丈夫ですよ。それこそ明日でも明後日《あさって》でも、二階堂さんの都合にあわせますよ」

『それはありがたい。なら突然で申し訳ないんだけど明日でいいかな？　待ち合わせ場所は――』

楓さんの話しぶりから察するに、どうやら二人は明日会うようだ。二階堂の奴、早速行動に移したのか。鉄は熱いうちに打てとはまさにこのことだな。

「わかりました。それでは明日13時に学校で。少し早いですがおやすみなさい、二階堂さん」

『おやすみ、一葉さん。吉住によろしくね』

およそ五分足らずの通話を終えて、楓さんは一つ大きく息を吐きながらスマホをテーブルの上に置いた。

「ふぅ……二階堂さんの声のトーンがいつもと違っていたのでとても緊張しました。勇也君が言いかけていたことってもしかして――？」

「まさにこれだよ。楓さんと腹を割って話したいことがあるって言っていたんだ」

「そうでしたか……まぁ何はともあれ明日になればわかることですよね！」

自分に言い聞かせるように楓さんは言ってから、空気を切り替えるようにパンッと手を叩いた。

「さて、勇也君。話も一段落着きましたので、ここから先はお仕置きのお時間です！」

「どうしてそうなる⁉　脈絡がないのはいつものことと言うかもう慣れたと言うか……それにしたっていきなりすぎるよ⁉」

「それは自分の胸に手を当てて聞いてください！　さぁ、つべこべ言っていないで行きますよ！」

そう言って楓さんは俺の言葉には一切耳を貸すことなく立ち上がり、勢いそのままに俺の手を摑んで歩き出す。お仕置きの理由には察しが付くが、お仕置きの内容は皆目見当がつかない。一体何をさせる気だ⁉

「フッフッフッ。ここ最近は暑い日が続いていたのでシャワーで済ませていましたが久しぶりに湯船に浸《つ》かろうじゃありませんか！」

日本一可愛《かわい》い女子高生に選ばれたとは思えない下品な笑みを浮かべて熱弁する楓さん。女神から小悪魔へジョブチェンジするのは何度も体験済みだが、三年生になってからはなりを潜めていたので油断した。

「背中を流し合いして、湯船でギュッて抱きしめてもらって……何なら髪の毛を洗ってもらって乾かしてもらうのもアリですね！　そして腕枕をしておやすみなさい……今夜はフルコースになりますね。ぐへへ」

そして残念なことに、こうなってしまった楓さんを止める術を俺は未《いま》だに持ち合わせていない。だが最適解ならわかっている。それは――

「わかった。それじゃお風呂《ふろ》に行こうか　あっ、今年の夏は海にもプールに行けないから水着を着るのはどうかな？　何なら久しぶりに楓さんのスク水も見たいなぁ」

「ちょ、何を言いだすんですか勇也君⁉　確かに今年は受験で忙しいので水着を着るのはアリだと私も思いますよ⁉　でもスク水はちょっと胸元が窮屈と言うか恥ずかしいと言いますか……というか勇也君はスク水萌《も》えする人だったんですか⁉」

思いもよらない俺の発言にプチパニックを起こした楓さんが顔を真っ赤にして早口でま

くし立てる。

これが暴走列車と化した楓さんに対する最適解。つまり話に全力で乗っかる！　ちなみに俺自身の名誉の為《ため》に言っておくと俺はスク水萌えする人ではない。どちらかと言えば去年楓さんが着ていたようなビキニの方が好きだ。

「うぅ……わかりました。それでは去年の水着を着て一緒にお風呂に入りましょう。ですが一つだけ問題が……」

わずかに俯《うつむ》き、頬を赤く染めてどことなく恥ずかしそうに身体《からだ》をくねらせる楓さん。嫌な予感が頭をよぎるが聞かないわけにはいかないよな。

「えっと……問題と言うのはなんでしょうか？」

「一年前と比べるとですね、その……少し大きくなっているのでちゃんと着られるか不安なんです」

えへへとはにかみながら、結ちゃんが聞いたら怒りのあまり絶叫しそうな情報――楓さんのたわわな果実は現在進行形で成長中――をどうもありがとうございます。

「これも全部、勇也君が優しく丁寧に揉《も》んでくれおかg――」

「スト――ップ！　それ以上は言わせないからな⁉　というか記憶を捏造《ねつぞう》しないでくれますかね⁉」

断じて、俺は楓さんの豊潤な果実を毎日愛を込めて揉んだりしていない。何なら最後に触ったのだって半年以上前のことだ。

「フフッ。久しぶりに触ってもいいですよ？　好きなだけ、勇也君の気が済むまで、マッサージ……してください」

嬌声《きょうせい》にも似た甘く蕩《とろ》ける声で囁《ささや》かれて、俺の理性君がどうなったか言うまでもないだろう。真実はいつも一つ。今宵《こよい》も我が家に〝勇也君のいけずぅ！〟の叫びが響き渡るのだった。

第7話 ● これから先も、ずっと友達でいる為に

I'm gonna live with you not because my parents left me their debt but because I like you

「それでは勇也《ゆうや》君、行ってきます。帰るときは連絡します！」

「行ってらっしゃい、楓《かえで》さん。気を付けてね」

現在時刻は12時過ぎ。

久しぶりに十分すぎるほどの幸福を享受したお仕置きから一夜明けて。私――一葉《ひとつば》楓は二階堂《にかいどう》さんとの約束の為に勇也君に見送られながら家を出た。

照りかえる日差し。むせ返るような暑さ。一年半近く通い慣れた通学路は、夏休みの平日の昼下がりということもあって閑散としていた。

「こうして一人で歩いて学校に向かうのは久しぶりですね」

これから会うというのにすでに痛いくらいに鼓動している心臓を宥《なだ》める為に、私は何度も深呼吸をしながら一人呟《つぶや》く。

二階堂さんから今朝届いたメッセージで指定された待ち合わせ場所は体育館だった。て

っきり誰もいない教室で話すものとばかり思っていたので意外だった。昨日の今日なのに足を運べるのは、やっぱり勇也君と話したからでしょうか。そう考えると少し妬《や》けます。

私と同じくらい勇也君を想《おも》い、心地いい関係が壊れることを恐れて最後の一歩を踏み出すことが出来なかった二階堂さん。もしも彼女が私より先に勇也君に告白していたとしたら。なんてことを考えたら夜も眠れなくなるくらい怖い。

修学旅行の時に期せずしてみんなに知られてしまった高校卒業後の私の進路選択。勇也君を残して海外留学を決めた私に対して想い《怒り》をずっと溜《た》めていたのだろう。そしてそれはおそらく勇也君も――

そんなことをぼんやりと考えながら校門をくぐって私は体育館を目指す。誰もいない静かな校舎。普段は活気づいているグラウンドも今日に限って誰もいない。

こうして眺める景色もあと半年もすれば見納めになると思うと時の流れはあっという間で、ともすれば残酷ですらある。

「なんて……感傷に浸るには少し早すぎますね」

私は自嘲しながら頭《かぶり》を振って邪念を追い出してから扉を開けて決戦の地へ足を踏み入れた。と言ってもさすがにまだ来ていないと思いますが――

「――フッ！」

見惚《みと》れる美しいフォームから放たれたボールが綺麗《きれい》な放物線を描きながらネットに吸い込まれていく様が目に飛び込んできた。昨日の試合で何度も観《み》ましたが、間近で見るとやっぱり迫力が違います。

だが当の本人――二階堂さんは結果には目もくれず、次のボールを籠から取り出して息を吐きながら二度、三度、トントンと地面を叩く。私が入ってきたことに気付かないくらい集中しているみたいです。

「お待たせしました、二階堂さん。遅くなってごめんなさい」

「ん？　あぁ、一葉さんか。気にすることないよ。ソワソワしすぎた私が早く来すぎちゃっただけだからさ。むしろ急に呼び出した上にわざわざ来てもらってごめんね」

二階堂さんが額の汗を拭《ぬぐ》いながらニコリと微笑《ほほえ》む。性別を問わず魅了するその笑みにわずかな戸惑いを覚えた私は一つ深呼吸をして心を落ち着かせる。

「吉住《よしずみ》との時間を割いてまで私のわがままを聞いてくれてありがとう、一葉さん。思えばキミとこうして二人きりで話すのは初めてだよね」

「大丈夫ですよ。私も二階堂さんとちゃんと話がしたいとずっと思っていましたから」

まさかそれが突然やって来るとは思ってもみませんでしたけど、とは口には出さなかった。

「……そっか。なら余計なことは考えなくてよさそうだねっ！」

そう言いながら二階堂さんは手にしていたボールを私に思い切り投げつけてきた。球技大会のパスよりも速く鋭いパスに口から心臓が飛び出そうになりつつも何とかキャッチする。

「いきなり何をするんですか、二階堂さん⁉」

「――私と1on1をしよう、一葉さん」

危ないじゃないですか。私がそう言おうとする前に二階堂さんが脈絡もなく挑戦状を叩《たた》きつけてきた。話をするんじゃなかったんですかと困惑する私に彼女は言葉を続けた。

「私は不器用だからさ。普通に話をするよりもこっちの方が素直に本音を言えると思ってね。悪いけど……付き合ってもらうよ？」

瞳に宿る炎は本気そのもの。イエス以外の返答を許さない圧を放ちながら二階堂さんは不敵に微笑む。

「……わかりました。その勝負、受けて立ちましょう」

私はブレザーを脱いで袖をまくりながらゆっくりと歩を進めて二階堂さんとの距離を詰める。歴代の明和台《めいわだい》高校女子バスケ部の中でも最強のエースと称されていた彼女に勝てるとは思えないけれど、そもそも対話が目的なら勝ち負けにこだわる必要はない。

「すぐに始めたいところだけど、準備運動をしてからにしようか。急に動いて一葉さんが怪我《けが》でもしたら吉住にあわせる顔がないからね」

「……それもそうですね」

シャツが汗で透けているところから察するに、二階堂さんは私よりはるか前に体育館に来ていて身体を動かしていたみたいですね。もしこの場に結《ゆい》ちゃんがいたら〝透けブラってそそるよね〟と下卑た顔で口にしていたことだろう。ちなみに二階堂さんの下着の色は爽やかなエメラルドグリーンでした。良い色です。

それはさておき。私はゆっくりと身体をほぐしながらエンジンを始動させる。現役のバスケ部エース――といっても昨日で引退した身ですが――と素人《しろうと》の私では勝負になるとは思えませんがやるからには全力です。

それから十分あまり。二階堂さんに手伝ってもらう形でアップをして臨戦態勢が整ったところで改めて勝負のルールを決めることになった。

「ルールはそうだね……三本先取でいいかな？　まぁ時間はあるしゆっくり話しながらろうじゃないか」

「わかりました。では先攻は今ボールを持っている私ということでいいですね？」

もちろん、と二階堂が余裕と言わんばかりのアルカイックスマイルを浮かべる。経験と実力差を考えれば彼女に挑発をする意図はないのは明白。けれど私の中の負けず嫌いのスイッチが点火するには十分な笑顔だった。

「フフッ。最初からクライマックスって感じですごくいいよ、一葉さん――さぁ、いつでもおいで」

「――いきますっ！」

本来の目的は何処《どこ》へいってしまったのかと内心でツッコミを入れつつ、しかし決戦の火ぶたは切られた。

と言っても始まりは派手なものではない。

私はボールをつきながら戦略を組み立てる。ゴールまでの距離はまだ遠く、闇雲にシュートをしてもリングに嫌われるのは火を見るよりも明らか。少しでも確率を上げる為に近づきたいところだけどそうは問屋が卸さない。

「どうしたの、一葉さん？　威勢がいいのは口だけなのかな？」

先ほどとは違ってこれは明らかな挑発ですがその言葉に乗って無理に攻めるようなことはしませんよ、二階堂さん。冷静に隙を窺う私に構うことなく明和台の王子様は言葉を続ける。

「一葉さんも知っていると思うけど、私は吉住のことが好き。告白してフラれたけど、まだ想いは冷めてない」

「知っていますよ。二階堂さんが勇也君のことを想っていることは。告白したことも含めて全部聞きましたから」

「……やっぱり吉住は全部一葉さんに話していたんだね。なら話が早い。キミが海外留学に行っている間に私が彼のプリンセスになる」

「――――えっ？」

　思わず私の動きが止まり、二階堂さんがわざわざ二人きりの場で私に話したかったことが宣戦布告であると悟った時にはボールは奪われており、あっけなくシュートを決められていた。

「二階堂さん……今の発言はどういう意味ですか？」

「聞こえなかったのかな？　ならわかりやすく言ってあげるね。キミがいない四年の間に吉住を振り向かせてみせるって言ったんだよっ！」

　私に力強くボールを投げ返しながら二階堂さんははっきりと宣言した。あまりの発言に動揺した私は勢いに圧《お》されてその場に尻もちをついた。

「清水寺でキミ達がどんな話をしたのかは知らないけれど、私はこう見えても怒っているんだからね？」

「ど、どうして二階堂さんが怒るんですか!?　私の夢を叶《かな》える為に決めたことなのであなたには関係な――」

「もしも一葉さんが私と同じ立場だったら、関係ないって言える？」

そう言われて私は口ごもる。もしも私が二階堂さんの立場だったら。大好きな初恋の男の子が別の女の子と幸せそうに毎日を過ごしている。それを歯がゆい思いで見ていたら突然二人が離れ離れになることを知る。そうなったら私もきっと――

「そうですね……確かに二階堂さんの言う通りです。そして私が最初に感じた以上に……二階堂さんは勇也君のことが大好きなんですね」

「その口振り……初めて会った時から気付いていたんだね、私の想いに」

「もちろん、すぐに気付きましたよ。あぁ、この人も勇也君のことが好きなんだなって。だから実は私、毎日不安で必死だったんですよ？　そのせいで寝不足で倒れちゃったこともあったくらいです」

あれは確か勇也君に名前で呼んでもらうようになった翌日のことでした。

お弁当対決に敗北し、私は勇也君の味の好みまで知っている二階堂さんに対する不安と嫉妬、そして名前で呼んでもらえたことによる嬉《うれ》しさと興奮で寝不足になり、それらが重なって体育の授業が終わったら倒れてしまったのだ。あの時の勇也君の焦《あせ》った顔は今でもはっきりと覚えています。

「どうして……どうして一葉さんが不安になるの？　私にはないものをたくさん持っているキミがどうして……？」

「そんなことはありません。だって、二階堂さんは私の知らない勇也君を知っているじゃないですか。一年間ずっと隣の席で、勇也君を一番近くで……私の知らない勇也君を見ているじゃないですか」

私の知らない、学校での勇也君の姿を二階堂さんはたくさん知っている。だから私が勇也君と出会った時点で二階堂さんとは一年間のハンデがあり、それを埋める為に毎日必死で頑張った。

「それを言ったら、一葉さんは吉住と一緒に暮らしているじゃないか。家で見える素の彼を私は知らない。そっちの方が私としては羨ましいよ。まぁ告白とか色んなことをすっ飛ばしていきなり一つ屋根の下で暮らす度胸は私にはないけどね」

借金を肩代わりすることも出来ないし、と二階堂は苦笑いを零《こぼ》しながら言って肩をすくめる。勇也君と私を繋《つな》げたのは彼のご両親が残した多額の借金ですが、その話を私が耳にしたのは全くの偶然。もしも気付かずにいたら今頃勇也君は――

「それにしても驚いたなぁ。まさか一葉さんが私に嫉妬していたなんてね。嫉妬は私の専売特許だと思っていたのに」

「私だって嫉妬くらいしますよ！　それこそ二階堂さんと勇也君が楽しそうに話している時なんかは特に、です！」

「フフッ。そういうことならちゃんと首輪をつけて置かないとダメだよ？　さもないと本気で攫《さら》っちゃうぞ？」

そう言いながらパチッと流星が煌《きら》めくウィンクを飛ばしてくる二階堂さん。さすが明和台の王子様と呼ばれるだけあって気障《きざ》な仕草なのに彼女がやると絵になる上に色気もあるので困ります。

でも私だって負けてばかりではいられない。一つ深呼吸をしてから目の前にいる強敵に高らかに、そして自信をもって反撃しよう。ここからは私のステージです。

「残念ですが二階堂さん……勇也君は渡しませんよ。一時とは言え離れ離れになったとしても、勇也君の心は手放したりしません。絶対に……！」

人生何が起こるかわからない。ですがこれだけは断言します。彼の心は私以外の誰にも奪わせたりしないと。

「……なるほど。清水の舞台でどんな話をしたかわからなかったけど……その様子ならちゃんと吉住の本当の気持ちを確認したんだね」

「……はい。お互いの思っていることを包み隠さず話すことが出来ました。だから私達は離れることになっても大丈夫です」

「そっか……うん、良かった。それなら安心してこれからも吉住と……そして一葉さんと友達でいられそうだ。それどころか一葉さんとは一番の親友になれそうだよ」

そう言って微笑《ほほえ》む二階堂さんの表情に哀《かな》しみはなく、むしろ分厚い雲が消えて爽やかな青空のように晴れやかだった。

「……もしかして私を試したんですか、二階堂さん？」

「うん……ごめんね、試すようなことをして。でも私は両親に捨てられて独りぼっちになった吉住に幸せになって欲しいんだ。そしてそれが出来るのは一葉さんだけ。だからキミの覚悟が聞きたかったんだ」

もう一度ごめんね、と謝ってから頭を下げる二階堂さん。途中からおかしいと思ったけどやっぱりそういうことでしたか。でも勇也君の幸せを私以外に心から願う人は二階堂さんで二人目だ。もう一人は言わずもがな。

「よしっ、話はこれで終わり！　そろそろ続きをしようか、一葉さん？」

「フフッ。そうですね。一本取られましたが、ここからまくってみせます！」

「ここからが本当のクライマックスってやつだね？　それじゃ私も本気を出しちゃおうかな。それでもしこのまま私が勝ったら――これからは楓って呼んでいいかな？」

わずかに頬を赤らめながら、どこか恥ずかしそうに恐る恐る尋ねてくる二階堂さん。普段は凜《りん》としてカッコいい王子様なのに唐突に乙女な一面を見せるのはやめてほしい。心臓がいくらあっても足りません。

なんてアホなことを考えることわずか数秒。私はこの申し出に不敵な笑みを持って返した。

「もちろん。それでは私が勝ったらこれからは哀《あい》ちゃん、って呼ばせてもらいますね。答えは聞きません！」

こうして私達の戦いは第二幕へと移行して、白熱した１ｏｎ１は見回りに来た先生によって止められるまで続いたのだった。

＊＊＊＊＊

夏休みが終わったら目まぐるしく、そして怒濤《どとう》のように時は流れて行った。

試験を一つ終えるたびに手ごたえの良し悪《あ》しで吐き気を覚え、結果が出る前にまた次の試験がやって来て一日たりとも気が休まらない。

そして景色は白く染まり冬へと移る。

今年のクリスマスは楓さんとささやかにケーキを食べ、正月はいつものメンバーで合格祈願を兼ねて初詣に行った。

艶《あで》やかに着物で着飾った去年と違ってみな私服。お参りの後は昼食を食べて、結ちゃんたっての希望で再びカラオケに。みなストレスを発散するかのように熱唱し、二週間後に迫った大学入学共通テストに向けて最後の息抜きをした。

「ねぇ、楓。たまにはデュエットとかどうかな？」

「いいですね、ぜひ一緒に歌いましょう！　哀ちゃんは歌いたい曲とかありますか？」

「それなら……ちょっと古いかもしれないけどラ○オンなんてどうかな？　生き残りたい、生き残りたい、って歌詞だけわかる？」

「もちろん！　それじゃ早速入力します！」

楓さんと二階堂が並んで座って熱唱する姿はアイドルも裸足《はだし》で逃げ出すくらい絵になっ

ている。二人でのど自慢大会に出れば優勝出来るんじゃないか？

「それにしても……哀ちゃん先輩と楓ねぇがここまで仲良くなるなんて思わなかったなぁ。意外というかなんというか。世の中何が起きるかわかりませんね」

「夏休み明けから急に仲良くなったよね。それこそ楓ちゃんがヨッシーから哀ちゃんに乗り換えたんじゃないかって噂《うわさ》が出るくらい急接近したよね」

ジュースを飲みながら感慨深げに言葉を交わす結ちゃんと大槻《おおつき》さん。確かに二人きりで話をしてくると言った日を境に楓さんと二階堂は急激に距離が縮まった。

お互い腹を割って話すことが出来たのだろう。まるで親友のように笑顔で話をする姿は校内でもたびたび目撃され、いと尊き存在として秘《ひそ》かに崇《あが》められているとかいないとか。まぁそのせいで二階堂に少し嫉妬したのは内緒だが。

「そんなことより八坂《やさか》君！　キミはさっきから縮こまって何をしているのかね!?　全然歌っていないけど楽しくないのかね!?」

「そ、そんなこと言われても……俺、歌あんまり上手《うま》くないから二階堂先輩の前で歌うのは恥ずかしいよ……」

結ちゃんに圧をかけられて縮こまるのは男子バスケ部の新エース候補の八坂君である。初詣の帰り際《ぎわ》に一人でいるところを結ちゃんが拉致同然にここまで連れてきたのだ。

「あぁ、もう！　バスケをしている時はそれなりにカッコいいのに、どうして普段は意気地なしになるのかねぇ⁉　それだといつまで経《た》っても吉住先輩に勝てないよ⁉」

それでいいのか、と肩を摑《つか》んでガクガクと八坂君を激しく揺らす結ちゃん。確かに敵意むき出しで好戦的だった球技大会の時と比べると別人のように大人しい。

「まぁその気持ちはわかるけどね。俺も楓さんやみんなの前で歌うのは小恥ずかしいからさ」

「いやいや。何を言っているんですか、吉住先輩？　小恥ずかしいとか言っている人はトップバッターを務めたりはしませんからね？　ご機嫌な蝶《ちょう》になったりしませんからね⁉」

結ちゃんが呆《あき》れた様子で肩をすくめながら俺の言葉を真っ向から否定する。こういうのはノリと勢いが大事だからな。テンションのある曲を最初に歌ってしまえば後はどうとでもなる。

「ハァ……わかった、八坂君？　キミに足りないのはこういうところだよ。吉住先輩を少しは見習わないといつまで経っても哀ちゃん先輩に振り向いてもらえないぞ？」

「ちょ、宮本《みやもと》さん！　それは言わない約束だろう⁉」

にしししと人の悪い笑みを口元に浮かべながら結ちゃんにからかわれて顔を真っ赤にする八坂君。なるほど、相次ぐ宣戦布告はそういうことだったのか。

「ちょっとそこの三人！　私と楓のデュエット聴いてる⁉　聴いてないならお仕置きするぞ⁉」

「そうですよ、勇也君！　罰として次は私とデュエットです！」

観衆の反応がいまいちだったことに腹を立てて面倒くさい絡《から》み方をしてくる新人アイドルユニット（仮）。息ピッタリにも程がある。

「八坂君も、そろそろ緊張解けたでしょう？　キミの歌声を聴かせてよ。下手とか気にしないでいいからさ」

「は、はいっ！　わ……わかりました。それじゃ――」

二階堂にマイクとタブレットを渡されて真剣な面持ちで曲を選ぶ八坂君。結ちゃんに言われて早速覚悟を決めたようだ。まぁ思い人から〝歌声を聴かせて〟と言われたらマイクを握らないわけにはいかないよな。

「ほら、勇也君も！　いつまでもぼぉーとしていないで一緒に歌う曲を考えますよ！　無論、拒否権はありませんからね！」

満面の笑みを浮かべて腕に抱き着いてくる楓さん。服越しでも十分伝わってくるたわわな感触を努めて気にしないようにしつつタブレットを操作する。

「うん、うん。やっぱりこうしてみんなで遊ぶのは楽しいね、シン君」

「そうだね。受験が終わったら時間が許す限りたくさん思いで作らないとね」

受験前最後の息抜きからおよそ二週間、ついに本格的な受験シーズンへと突入した。

最初の山場ともいえる大学入学共通テストを終えて誰もいない家に帰宅する。

楓さんは三が日を終えてすぐに入学試験の準備も兼ねて早々に渡米したので家では俺一人きり。いつもは温《ぬく》もりに満ちたリビングもこの時ばかりは酷《ひど》く冷たく色を失っていた。

そして改めて、高校を卒業したらこんな日々が毎日続くのだと俺は痛感する。

「こんばんは、勇也君」

そんな夜のこと。自己採点を終えてソファーでくつろいでいると、突然桜子《さくらこ》さんが連絡もなしに訪ねてきた。

「こんばんは、桜子さん。楓さんの帰国はまだ少し先ですが……何かあったんですか？」

リビングでお茶を出しながら尋ねると、桜子さんは苦笑いを浮かべて事情を話してくれた。

「楓にお願いされたのよ。勇也君がちゃんと生活しているかどうか確認してくれって」

「なるほど……そういうことでしたか」

渡米してから楓さんから毎日〝大丈夫ですか？　ちゃんとご飯食べてお風呂《ふろ》入って眠れていますか？〟と心配するメールが送られてきて〝大丈夫だよ〟と答えていたが、どうやら信じてもらえていなかったみたいだ。

「その様子を見る限りだと、試験の方は順調だけど食生活は現界ギリギリってところかしら？　私大に国公立の二次試験まで大学受験は長丁場の戦いよ。栄養のある物を食べて体調管理をしっかりしないとダメよ？」

「……はい。気を付けます」

図星だった。楓さんが渡米して一人になってからというもの、最初のうちこそ変わらず自炊を続けていたが数日もしないうちにやる気が低下していき、今では手軽に作れるパスタやただ肉を焼くだけの男飯がもっぱらだ。

「まぁ外食をしたりカップラーメンなんかで済ませていないだけ勇也君は頑張っていると思うわ。一人だとどうしても量の加減がわからないし、何より試験で料理どころではないわよね」

そう話しながら桜子さんはおもむろに手を伸ばすと、俺の頭をポンポンと撫《な》でてくれた。温かくて優しい手の感触は楓さんのそれと少し違う愛情が感じられて自然と心が安らいでいく。

「フフッ。なるほど、楓があなたを愛《め》でたくなる気持ちがなんとなくわかったわ」

「……はい？」

「勇也君って子犬みたいで可愛《かわい》いのよね。気付いていないと思うけど顔に寂しい、甘えたい、って書いてあるのもポイント高いわ。もしも私が未婚で十歳若かったら間違いなく自分のものにしようとしたでしょうね」

うんうん、と頷《うなず》きながら独り言ちる桜子さん。〝勇也君は考えていることが顔に出やすいんです〟と楓さんによく言われるけどそんなわかりやすいものなのだろうか。

「常に顔に出るわけではないからそんなに気にすることないわよ。何が言いたいかって言うと頑張っている男の子は素敵ってことよ」

「……すいません、サッパリわかりません」

困惑する俺に桜子さんはもう一度笑みを零《こぼ》してから真剣な表情になり、こんなことを言ってくれた。

「努力した人が全員報われるとは限らない。でもね、成功した人はみんな努力しているわ。そして勇也君、あなたは楓と出会う前からその努力を積み重ねている。これって誰にでも出来ることじゃないの。そんなあなただからこそ楓は惹《ひ》かれたのだと思うわ」

「…………」

「だからもっと自分に自信を持ちなさい、勇也君。あなたは自分が思っている以上にデキる男なんだからね」

最後にパチッ、とウィンクを飛ばしてエールを送ってくれる桜子さん。楓さんにそっくりな仕草はまさに親子といったところか。

そんなことより、まさか桜子さんにこんなことを言われる日が来るとは思わなかったな。それだけ俺が精神的に追い込まれていると楓さんが思ったんだろうな。何とも情けない話だ。

「ところで勇也君。話は変わるけど、あなたは楓が海外留学することにまだ思うところがあるわよね？」

「え……？」

どうしてそれを。そう俺が聞き返すよりも早く桜子さんは言葉を続けた。そしてそれは俺の中にずっと眠っている確信を的確に射貫《いぬ》くものだった。

「本当は行ってほしくない。そう思っているんじゃないかしら？」

言葉尻こそ疑問形だが、その声音と表情にはある種の確信の色が窺《うかが》えた。隠しても、取り繕っても仕方ないと判断した俺は素直に気持ちを吐露することにした。

「……はい、桜子さんの言う通りです。俺は楓さんに海外に行ってほしくないと思っています。でもそのことを結局楓さんに伝えることが出来ませんでした……」

修学旅行の時、貴音《たかね》姉さんにも同じことを言われたのに俺は最後の一歩を踏み出せなかった。毎日目標に向かって頑張っている楓さんの姿を見ていたら俺の個人的な感情を口には出来なかったのだ。

「楓もわがままを言う子じゃなかったけど勇也君もいい勝負ね。まぁ家庭の事情を考えればわがままを言えるような環境じゃなかったから当然かな」

つまり全部クソッタレな孝太郎《こうたろう》のせいね、と桜子さんは愚痴と共にため息を一つ吐《つ》いて話を続ける。

「覚えているかしら？　あなた達が一緒に暮らして初めて喧嘩《けんか》した日のことを。その原因が何であったかを」

もちろん覚えている。あれは楓さんにホワイトデーのお返しをサプライズでする為に春《はる》美《み》さんに手伝ってもらったら誤解されて挙句の果てには〝実家に帰ります〟とメッセージが届いたのだ。

「……はい。お互いの気持ちを伝え合わなかったのが原因で俺と楓さんはすれ違って……もしかして桜子さん、楓さんは俺の気持ちに気付いて――？」

「ええ、楓も何となく気が付いているわ。でもそれをあなたに聞けずにずるずるずるずる……ホント、似た者同士のカップルね」

「……そうですね」

「でも、もし仮に勇也君が本当の気持ちを言ったところで楓の決意は変わらなかったと思うわ。あの子、あぁ見えて一度決めたら譲らない頑固なところがあるから」

そう言って苦笑いを浮かべる桜子さん。俺が我儘《わがまま》を言ったら楓さんは考えを変えて日本に残ってくれるんじゃないかと思ってしまう。それが彼女にとって望まないことだとしても。そう考えるのは俺の傲慢だろうか。

「ただ、楓の中に迷いがあるのも確かよ。だから勇也君、今更かと思うかもしれないけれど全てが終わったらもう一度、お互いの想《おも》いを伝え合いなさい。ずるずるずる、抱えているモノが擦り切れて無くなる前にね」

それが意味するところは言うまでもなく——俺は深呼吸をしてから改めて、遅すぎるかもしれないが決意を固める。

「……わかりました。ありがとうございます、桜子さん」

「フフッ。いい顔になったわね、勇也君。これならもう大丈夫ね。さて、それじゃそろそろ夕飯にしましょうか。お寿司《すし》を頼んであるから二人で食べましょう！」

この強引な感じも楓さんにそっくりだなと俺は心の中で呟《つぶや》きながら、しかし喜んでご相伴に与《あずか》ることにした。というかこの発言の直後に宮本さんがお寿司を運んできたので断りようがなかったのだが。

そしてこの時の様子を見事に隠し撮りされた上に楓さんに送られ、朝一番にお怒りの電話が来たのはまた別の話だ。ただ、久しぶりに楓さんの声を聞けて安心したのは言うまでもないだろう。

第8話・卒業式

I'm gonna live with you not because my parents left me their debt but because I like you

そして時は移ろい三月。春の足音とともに空気も温かくなり、新たな門出を祝うかのように桜も咲き始めている。

受験は無事に終わった。奇跡的に俺達はみな第一志望の大学に入学することが出来た。

また楓《かえで》さんもアメリカの大学に進学が決まり、四月には渡米して貴音《たかね》姉さんの下でインターン生として働くという。

「楓ねぇ、哀《あい》ちゃん先輩、そしてみなさん、卒業おめでとうございます‼」

「ありがとうございます、結《ゆい》ちゃん」

そして今日は俺達の高校生最後の日。その門出の式は先ほどつつがなく終了し、三年間通った校舎を前に思い出話に花を咲かせていた。

「ハァ……ついに高校生活が終わっちゃうんだね。入学したのがついこの間のように感じるよ」

「うん、僕もそう思う。秋穂《あきほ》と出会ってもう三年も経《た》つなんて信じられないよ。あっ、もちろん勇也《ゆうや》ともね」

アハハと笑いながらとってつけたように言われても嬉《うれ》しくもなんともないからな、伸二《しんじ》。まぁそう言いたくなる気持ちもわからないでもないが。

「秋穂ちゃんの言う通りですね！　夕陽《ゆうひ》の中で一人サッカーボールを蹴っている勇也君を見つけた日が昨日のことのように思い出せます！」

「そうだね……空が真っ暗になるまで馬鹿の一つ覚えみたく練習をしていた吉住《よしずみ》の鬼気迫る姿は今思い出しても鳥肌が立つね」

同じ景色を頭に思い浮かべているのだろうか、楓さんと二階堂《にかいどう》が全く同じことを口にするのでなんだか背中が痒《かゆ》くなる。

「勇也君はどうですか？　高校生活、楽しかったですか？」

「もちろん。色んなことがあったけど……凄《すご》く楽しい三年間だったよ」

「吉住先輩以上に波乱万丈な高校生活を送った人はこの世にいないと思いますけどねぇ。そして吉住先輩ほど幸せな人もそうそういないと思います！」

そう腕を組みながら口にして一人頷く結ちゃん。確かに自分で言うのもなんだが本当に波乱だらけの三年間だったと思う。似たような境遇な人がいるなら会ってみたいものだ。

「冷静に考えてみるとヨッシーの人生ってTheラノベの主人公！　だよね。家に帰ったら両親が借金を残して蒸発して怖い人がお家《うち》に訪問。人生詰んだと思ったところを社長令嬢の楓ちゃんに助けられて、なんやかんやの末に結ばれて無事高校を卒業しました――うん、一冊本が書けるレベルだよ」

「まさに人生の勝ち組、ってやつだね」

大槻《おおつき》さんの話に同意するように伸二が言葉を被《かぶ》せる。確かにその通りだけど、そう思ってある意味割り切らないと心が持たなかったのも事実だ。そしてそんな俺の心を楓さんが甘く優しく癒《いや》してくれたからこうして俺は今ここにいる。なんてことはこの場で口にするのは恥ずかしいので思いを視線に込めて楓さんを見つめるに留《とど》めた。

「……なんか急に空気が甘くストロベりってきましたね。私の気のせいですか？」

「残念だけど気のせいじゃないよ、結ちゃん。またヨッシーが無自覚に楓ちゃん大好きオーラを発しているから」

「結局勇也と楓の〝いつでもどこでもすぐにイチャイチャする〟癖は卒業になっても治らなかったね。というか一生治らなさそう」

皮肉たっぷりに二階堂が言い、ヤレヤレですねと結ちゃんと大槻さんはため息を吐《つ》きながら呆《あき》れ、伸二はただただ苦笑いを浮かべる。

「お、俺は別に楓さん大好きオーラを出しているつもりはないんだけど……」

「でも楓のことが大好きなことには変わりないでしょう？　ならどんな言い訳をしても無駄だよ、吉住」

俺の言葉の上から被せるように、有無を言わさぬ渾身《こんしん》の右ストレートを打ち込んでくる二階堂。イケメン美少女な王子様として校内で楓さんに匹敵する人気を誇っていたが、三年生になって髪を伸ばしたことでお姫様要素が加わりファンが急増したというのに歯に衣着せぬ物言いは変わっていない。

「あぁあ……毎日学校に行けば楓ねぇに会える日々が今日で終わりかぁ……これからの一年、私は何を糧《かて》に生きて行けばいいのやら……」

「大袈裟《おおげさ》ですよ、結ちゃん。私がいなくても楽しいことはたくさんありますよ」

ハァと深いため息を吐いて落ち込む結ちゃんの頭を優しく撫《な》でる楓さん。ちなみにこの金髪美少女がいるのは楓さんのたわわな果実の胸の中である。式が終わって合流するなり飛び込んで占領している。

「それにしてもよく泣かなかったね、結。私はてっきりボロボロ泣いて大変なことになると思っていたんだけど……」

「何を言っているんですか、哀ちゃん先輩！　確かに楓ねぇやみんなが卒業しちゃうのは悲しいですが、それ以上に悲しい別れがこの後待っているじゃないですか！　それを考えたら涙なんかまだ出ませんよ！」

二階堂の苦笑いに鼻息を荒くしながら結ちゃんがまくし立てる。彼女が言っているのは楓さんの出立のことに違いない。

「吉住先輩だって楓ねぇが海外に行くのは寂しいですよね⁉　今からでも遅くはありません、私と一緒に阻止しませんか⁉」

今更手遅れどころか周回遅れだろう、と誰もが心の中でツッコミを入れたであろう結ちゃんの提案に俺は頭《かぶり》を振りながら答えた。

「楓さんがたくさん悩んだ末に決めたことだから、俺は止めることは出来ないかな。むしろ笑顔で送り出したいかな？」

「えへへ……ありがとうございます、勇也君」

「むむっ？　楓ねぇと吉住先輩の様子がなんかおかしいぞ？　これはもしかして昨日何かあったな？」

「えへへ……別に何もありませんよ？　ねぇ、勇也君？」

それは何かあった人の発言だぞ、楓さん。というかそんな腑抜《ふぬ》けた幸せいっぱいの笑顔で言ったらここにいるメンバーなら勘づかれそうだ。

「なるほど……この一年、ズルズル引きずってきた想いをようやく楓ちゃんに伝えたんだね、ヨッシー。偉いぞ、見直した！」

「……色々ありがとう、大槻さん」

ニャハハと笑いながら俺の肩をバシバシと叩《たた》く気配り上手の元班長に、俺は万感の思いを込めて頭を下げた。初めて喧嘩《けんか》した時も大槻さんがいたから乗り越えることが出来た。ホント、彼女には頭が上がらない。

「ねぇ、勇也。大学に行ってもサッカーは続けるの？」

そんな恩人の恋人であり俺の親友でもある伸二が尋ねてきた。

「もちろん、と言いたいところだけど多分趣味の範疇《はんちゅう》になるかもな。大学に入ったら勉強以外にも忙しくなるからさ」

「ん？　それってどういうこと？」

「楓さんとの約束でさ。大学に入ったら楓さんのお父さんのそばについて色々勉強させてもらうことになっているんだよ。だから今までみたいにサッカーを続けることは多分無理かな」

俺が肩をすくめて苦笑いを零《こぼ》しながら言うと、伸二だけでなく大槻さんや二階堂も驚きつつも感嘆のため息を吐いた。楓さんは一人ニコニコと笑い、結ちゃんはマシュマロを堪《たん》能《のう》し続けている。

「そもそも俺は借金を肩代わりしてもらったのに大学の入学費から卒業までの授業料まで払ってもらう身だからな。遊んでいる余裕はないよ」

「もう……そんなに気負わなくてもいいんですよ、勇也君。いずれ一葉《ひとつば》になるんですから図太く生きてください」

「そうしたいのは山々だけど、これぱっかりは俺にとってのけじめみたいなものだからさ。きっちり全部返済しないと、大手を振って一葉家に嫁げない」

正直クソッタレな父さんが残した借金の返済だけでも何年かかるかわからない。桜子《さくらこ》さんは〝息子の吉住勇也君に返済の義務はない〟と言っていたけど、婿入りする以上そこはちゃんとしたいと思う。

「その気持ちだけで私も、そしてきっとお父さんもお母さんも喜ぶと思います。なのでくれぐれも無理はしないようにしてくださいね？」

「わかってる。海の向こうにいる楓さんに心配かけない程度に頑張るよ」

そう言いながら楓さんの頭をポンポンと優しく撫でる。正直不安な気持ちでいっぱいだがこれを乗り越えなければ異国の地で頑張る楓さんに顔向け出来ない。

「うん、メオトップルは何処《どこ》までいってもメオトップルだね。というかヨッシー、さらっと言ったけど今のはもしかしなくてもプロポーz――」

「ストップだよ、秋穂。それ以上は言わないでおこうか」

「まったく……今日くらいは自重してくれてもいいんじゃないかな、吉住？」

ヤレヤレと呆れる友人三人。ぎゅっと楓さんに抱き着いている結ちゃんもさすがにげんなりして離れた。

「はいはい！　気持ちはわかりますけどこれ以上のイチャイチャはオーバーキルになるのでやめてください！　というかみんなで記念写真撮りましょうよ！　最後の思い出作りましょうよぉ！」

結ちゃんが突然駄々っ子のように手足をばたつかせて暴れ始めるがその提案にはみな賛成のようで、早速大槻さんや二階堂はご両親を呼びに行った。

「楓さん、勇也さん、卒業おめでとう」

「あっ、メアリーさん！　ありがとうございます！　お忙しいのに来てくださったんですね！」

「もちろん。赤ちゃんの頃から知っている親友の愛娘《まなむすめ》とその未来の旦那様の晴れ舞台ですもの。最優先に決まっているでしょう？」

笑顔で声をかけてきたのは結ちゃんのお母さんの宮本《みやもと》メアリーさん。こうして会うのは夏休み以来になるが太陽浴びてキラキラと光り輝く純なる金髪は荘厳《そうごん》だ。というかその手に持っているのは最新型のビデオカメラだよな。まさか卒業式を撮影していたとは言わないよな？

「ママ、ちょうどいい所に！　写真撮って！」

「任せなさい、結。私が最高の一枚を撮ってあげるわ」

不敵な笑みとともにメアリーさんはビデオカメラをカバンにしまい、入れ替わりに一眼レフの豪奢《ごうしゃ》なカメラを取り出した。この人は一葉家御用達《ごようたし》の専属カメラマンか？

「フフッ。相変わらず張り切っているわね、メアリー。まぁおかげで我が家としては助かっているんだけど」

悠然とした足取りで桜子さんが俺達の下へやってきたがその表情はどこか呆れたご様子。だがそのアンニュイな顔は絵になっており、メアリーさんと並んで立つとこの世に女神様が顕現したかのように華やかになる。俺達卒業生より目立っているんじゃないか？

「あら、私から言わせれば桜子が撮らなすぎなだけです。まぁ私としては二人分の記録を撮れるから役得ですけど」

「だから言ったでしょう？　おかげで助かっているって。そんなことより、楓、勇也君。高校卒業おめでとう」

まさにＷｉｎ－Ｗｉｎの関係だな、と心の中で呟《つぶや》きながら俺は人生の窮地から救ってくれた恩人に頭を下げる。

「ありがとうございます、桜子さん。こうして無事卒業することが出来たのはあなたのおかげです。感謝してもしきれません」

「大袈裟ね。今こうしてあなたがここに立っているのは他でもない勇也君、あなたが頑張って来たからよ。私はほんの少しその手助けをしてあげたに過ぎないわ」

「桜子の言う通りだよ、勇也君。全てはキミが努力して勝ち取ったものだ。胸を張りなさい。僕も将来義理の父になる身として誇らしいよ」

厳格な、それでいて優しさに満ちた声で飛躍した未来の話を口にしながら楓さんのお父さん、一葉一宏《かずひろ》さんがやってきた。この場に宮本さんがいれば全員集合になるのだが、あの老紳士は今日も黒子に徹しているそうだ。

「お父さんとお母さんの言う通りですよ、勇也君！　胸を張って卒業しましょう！　そしてようこそ、一葉家へ！」

えへへと満面の笑みを浮かべながら俺の腕に抱き着いてくる楓さん。親子そろって気が早い。あと前にも言ったように俺が〝一葉〟になる為にはケジメをつけてからだ。

「いつも思うけど勇也君って孝太郎の息子とは思えないくらいしっかりしているわよね。

トンビが鷹《たか》を生むとはこのことかしら？」

「桜子、それはいくら何でも言いすぎだよ。孝太郎にだっていい所の一つや二つある……は、ず？」

とっさに反論しようとして口ごもる一宏さん。古くからの友人二人にクソッタレ認定されるとは、あの人は本当に憐《あわ》れというか愚かというか。もしもこの場にいたら――

「孝太郎の話はこの辺にして。二人とも、早くみんなのところに行きなさい。写真、バッチリ撮ってあげるから。メアリーが」

グッといい笑顔でサムズアップする桜子さんとそれを見て思わず苦笑いをするメアリーさんと一宏さん。この構図に既視感を覚えるのは俺の気のせいだろうか。

「ほら、楓ちゃん！　早くこっちに来てよ！　私の隣、空いていますよ？」

「吉住も！　みんなを待たせているんだから早く来なよ！」

大槻さんは物まねを。

二階堂はどこか楽しそうに。

結ちゃんは〝楓ねぇの隣は私が！〟と叫び。

伸二は肩をすくめて。

四者四様、態度は様々だが共通しているのは俺と楓さんが来るのを待っているということ。手招きされ俺と楓さんは一度顔を見合わせてから手を繋《つな》いでみんなの下へ向かう。

楓さんを中心にして俺と結ちゃんがその両隣に。大槻さんは後ろに回り、もちろん伸二はその横に。最後に二階堂が俺の横に来て準備完了。

「それじゃ、撮るわよ！　みんな、1＋1は――？」

楓さんは俺の腕に抱き着きながらピースをして。

結ちゃんは楓さんに腰に飛びつき。

大槻さんと伸二は腕を組んで。

二階堂はわずかに頬を朱に染めて。

いつかの夏休みの時と同じようにメアリーさんの古典的な掛け声に思わずみんなの口から笑みを零しながら声を重ねて――

「「「「にぃ――‼」」」」

記憶に残る、最高の一枚になったのは言うまでもない。

第9話 ● そして二人は階段を登る

I'm gonna live with you not because my parents left me their debt but because I like you

「ハァ……今日は大変な一日でしたね、勇也《ゆうや》君。なんだかとっても疲れました」

「お疲れ様、楓《かえで》さん。卒業式の後の方が盛り上がってある意味大変だったね。まぁその分記憶に残る一日になったけど」

別れを惜しむ結《ゆい》ちゃんにせがまれる形で遊ぶこととなり、結局家に帰って来た時にはすでに日が暮れて暗くなっており、家に帰って来るや否《いな》や、楓さんは着の身着のままでベッドにダイブした。

「疲れて横になりたいのはわかるけど、せめて着替えてからにしようね？　スカートしわになるよ？」

「わかっていますけど私のライフポイントはもうゼロなんです。なので勇也君、着替えさせてくださぁい」

可愛《かわい》い猫撫《ねこな》で声で言いながら身体《からだ》を起こした楓さんは両手を広げる。真面目モードでいる時間が長すぎた反動で完全に甘えモードに確変してしまったみたいだな。

こうなったら取れる選択肢は気の済むまで甘やかすか無視するか。いつもなら後者を選択するのだが今日は特別だ。

俺はフッと笑みを零《こぼ》してからベッドに腰かけて優しくブレザーを脱がし、続いてブラウスのボタンに手をかけて一つずつゆっくりと丁寧に外していく。

「――ちょ、勇也君⁉　いきなり何をするんですか⁉」

「何をするも何も着替えさせる為に制服を脱がしているだけなんだけど？」

身体を両手で隠しながら眼にも留まらぬ速さでベッドの端まで移動する楓さん。自分からお願いしておいて顔を真っ赤にして涙目で叫ぶのはどうかと思う。これでは俺が悪いことをしているみたいじゃないか。

「確かに着替えさせてくださぁいって言いましたよ⁉　いつもなら絶対に〝自分で着替えてくださいね〟って呆《あき》れて言いながらチョップをするのに今日に限ってどうして私のわがままを叶《かな》えてくれるんですか⁉」

わがままって自分で言っちゃったよ。そう言えば初めて会った時に楓さんは〝一度もわがままを言ったことがない素直で従順ないい子〟って言っていたけど、今となってはその面影はない。

「俺だって気まぐれを起こすことはあるってこと。今日みたいな特別な日は特にね」

俺の言葉を聞いて呆《ほう》ける楓さんの頭にポンッと手を乗せて、澄んだ夜空を思わせる純黒の髪を梳《す》くように撫《な》でる。そして気が付いた時には彼女のことを両手で思い切り抱きしめていた。

「どどど、どうしたんですか、勇也君⁉ ギュッてしてくれるのは嬉《うれ》しいですが今はちょっと……せめてお風呂《ふろ》に入った後にしてくれませんか？」

「ごめん、楓さん。もうすぐ離れ離れになるって考えたら……」

我ながら情けない弱音が口から零れる。楓さんが受験で海外に行っていて家にいなかったわずか数週間。思い出すだけでも心が苦しくなるくらい寂しかった。

それがこの先ずっと続くかと思うとどうにかなりそうだ。そしてその日は刻一刻と近づいている。

俺は二度、三度と深呼吸をしてさざめき立つ気持ちを落ち着かせ、一年近く心の内に溜《た》めていた思いを吐き出す覚悟を決めて口を開く。

「俺はさ、楓さん。初めて会った時に〝私はどこにも行きません。ずっと一緒です〟って言ってくれたことが嬉しかったんだ。なにせ俺は両親に借金を押し付けられて捨てられた身だからね」

運命の日。家に帰ったら誰もおらず、クソッタレな父さんがしたためたふざけた手紙を読んで愕然《がくぜん》としていた。タカさんにどうしようもない事実を知らされて、人生詰んだと思っていたところに楓さんが現れた。

「いま俺がこうして笑うことが出来ているのは他でもない楓さんのおかげだ。突然一緒に暮らすことになって最初は戸惑ったけど今となっては楓さんと一緒じゃない生活は想像出来ない」

「…………」

俺にたくさんの愛情と幸せをくれた楓さん。高校を卒業して大学生になっても、そして社会人となり結婚して死ぬまで一緒にいられると信じて疑わなかった。プラネタリウムを一緒に観に行ったあの時までは。

「この先も俺とずっと一緒にいる為に楓さんが選んだ道を応援したいしするつもりだった。でも……やっぱり離れ離れになるのはしんどいよ……」

「勇也君……」

「こんなのは俺のただのわがままで、今更言うのは卑怯《ひきょう》なことはわかってる。楓さんが将来の夢を探す為に悩んで決めたことも、その為にこの一年、一生懸命頑張っていたことも知っている。だから誰よりも俺が背中を押してあげないといけないのに……それでも！

俺は楓さんと離れたくない……！　ずっと隣にいて、笑っていてほしいんだ……」

言葉にするとなんと情けないことか。視界が涙で滲《にじ》んでいく。そんな俺の手を楓さんは優しくそっと包み込んだ。

「私も勇也君と同じ気持ちです。家に帰ったら勇也君がいて、一緒にご飯を食べて、最近は恥ずかしがって断られていますが一緒にお風呂に入って、一緒の布団《ふとん》に入って寝て、そして朝起きると隣にいる。この温かい日々がとても愛《いと》しくて手放せなくなっています。でもだからこそ、このままではいけないんです」

ずっと一緒にいたい。離れたくない。それを口にするのは簡単だ。だが今のままでは欲しいものを買ってほしくて駄々をこねる子供と同じ。大人になれば自分達の足で立って歩かなければいけなくなる。そしてその日はそう遠い話ではない。

「大学生の間だけとはいえ、勇也君と離れ離れになることを想像したら私も胸が痛いです。寂しくてのたうち回りたくなるし、何なら一人の夜に良からぬことを考えて泣きたくなるかもしれません。いえ、きっとなると思います。でも……それでも私は……勇也君との一時の幸せではなく、死が別つまでの幸せを摑《つか》む為の道を選びます」

長い人生のほんのわずかな時。それは俺自身もかつて口にしたことだ。けれど時間が経《た》つにつれ、冷静になればなるほど今この瞬間、楓さんと過ごす一分一秒が惜しくなって現実から目を背けたくなる。

だけどそれは俺の覚悟が弱く、楓さんの悲壮ともいえる決意と覚悟を聞いていなかったから。でもこれで俺もようやく覚悟を決めることが出来る。

「夏休み、冬休みの時には帰ってきます。毎日連絡しますし、時差はありますが電話もします。勇也君が寂しい思いをしないように頑張るので、だからどうか――――！」

つぅと一筋の涙を流しながら訴える楓さんの手を今度は俺が優しく包み込む。これ以上、彼女の胸を痛ませるわけにはいかない。

「ありがとう、楓さん。それとごめんね。辛《つら》いことを話させて……」

「そんな……勇也君が謝ることではありません。むしろ〝どこにも行かない〟と約束したのに裏切るような選択をした私が……」

「楓さんは悪くない。こうして話してわかったことだけど、俺が不安だったのは離れ離れになることを楓さんが本当はどう思っているのかわからなかったからだと思うんだ」

思い返してみると、楓さんは離れ離れになって寂しいとは口にしなかった。だけどそれはきっと、寂しいと口にすれば決意が鈍ると無意識のうちに考えてのことだと思う。

「でもこうして思いを聞けて安心した。楓さんも寂しいって……今過ごしている時間が愛おしいって思ってくれているんだってわかってすごく安心した」

同じ気持ちであるなら地球の裏側にいようとも大丈夫だ。寂しさから気持ちが揺らぐことはない。

「そうですね……反省したはずなのに、自分のことばかりでちゃんと〝寂しい〟って言っていませんでしたね」

「むしろ寂しいを通り越してお詫《わ》びと称して過激なスキンシップをされてすごく困ったけどね」

「そ、それは……！　離れ離れになる前に勇也君と深い絆《きずな》で結ばれたかったと言いますか、何があっても私のことを忘れないように心と身体に刻み込みたかったからと言いますか

──ぁっ、んっ……」

楓さんの言葉を遮るように、俺は再び彼女のことを抱きしめて唇を重ねた。柔らかく、蕩《とろ》けるような甘い感触に一瞬で脳が痺《しび》れる。

それと同時に視界に飛び込んでくるのは中途半端《ちゅうとはんぱ》に脱がしたことで乱れ、はだけた制服から覗《のぞ》く楓さんの純白の素肌。芸術品のようなデコルテライン。新品と思われる花柄のスカイブルーの下着に覆われた、いまだ成長を続けるたわわで豊潤な果実。

ベッドの上で抱き合い、キスをしているという状況と相まって俺の心臓は加速度的に鼓動を速め、血流が駆け巡り下半身が熱く滾《たぎ》っていく。

「んっ……はぁ、んぅ……勇也君……」

小鳥のように唇を啄《ついば》み、舌を絡《から》めて夢中になって互いを求め合う中。静かな寝室に卑猥《ひわい》な水音とともに楓さんの甘美な声音が耳朶《じだ》に響いた。

「ねぇ、勇也君。このまま……んぅ、っちゅ……お着替えの続き、ぁんっ、してくれませんか？」

「えっと……それって、つまり……？」

言葉の意味が一瞬わからず、思わず唇を一度離して俺が尋ねると、楓さんは唇から垂れる艶美な水糸をペロリと搦《から》め捕りながら肩に顎を乗せてこう囁《ささや》いた。

「もう、勇也君は肝心なところで鈍感ですね。服を脱がせてくださいって言ったんですよ。制服だけじゃなくて、何もかもすべて」

「──────‼⁇」

この昂《たかぶ》った状態でそんなことをすればどうなるかわかって言っているのか、この人は！　一緒に暮らすようになっておよそ一年。我慢に我慢を重ねてきた俺の理性もいい加減頃合いだって叫んでいるんだぞ⁉

「あっ、でも今は脱がすだけでお触りは禁止、ダメ絶対、です」

「な、ん……だと？」

ここにきてまさかのお預け宣言に思わず口から絶望の言葉が零れる。そんな殺生《せっしょう》な。瑞々《みずみず》しい極上の果実を目の前にして我慢しろっていうのか？

「だって……初めての時はやっぱり、その……身体《からだ》を清めてからしたいですし……それにご飯を食べないと肝心な時にお腹《なか》がぐぅって鳴ったら雰囲気台無しですし……って何を言わせるんですか！」

「俺は何も言ってないからね？　あと地味に痛いからポカポカ叩《たた》かないで」

勇也君のエッチ！　などと湯気が出そうなくらい真っ赤な顔で理不尽なことを言いながらぐるぐるパンチを浴びせてくる楓さん。

「うぅ……珍しく勇也君が雰囲気を盛り上げてくれたのにこれでは台無しです。せっかくのチャンスだったのに……しょぼん」

「そんなに落ち込まないでください。明日は休みだし、時間はたっぷりあるんだからまずはご飯食べよう？」

その為にもまずは最初に戻って部屋着に着替えてもらわないとな。もちろん自力で。夕飯は冷蔵庫の中に豚肉があったはずだから生姜《しょうが》焼きでも作ればいいか。付け合わせのサラダはあったかな？

なんてことをぼんやり考えていると、楓さんが相変わらず俯《うつむ》いたままおもむろに袖を摑んできた。

「ん？　どうしたの、楓さん？」

「どうしたの、じゃありません！　勇也君、先ほどの発言の真意を教えてください！　時間はたっぷりあるっていうのはもしかして——！」

期待と不安、そして幾ばくか羞恥が入り混じった瞳で尋ねてくる楓さんに顔を近づけて耳元でそっと囁く。

「そういうことは言わせないでほしいんだけど……言わないとわからない？」

「——‼⁇」

楓さんは驚愕《きょうがく》のあまり声にならない悲鳴をあげて飛び退《の》こうとするが、すでに端にいたので勢いあまってベッドから転げ落ちそうになるのを俺は慌てて腰に腕を回して力いっぱい抱き寄せる。

「まったく……危ないから気を付けてね？　というかそんなに驚かなくてもいいんじゃないかな？」

「そ、そんなの無理ですよぉ……私の妄想か夢の中でしか勇也君は誘ってくれなかったので現実になるなんて思っていなかったので……嬉し恥ずかしで言葉に出来ません！」

楓さんがどんな妄想をしたり夢を見ていたのか気になるところだけど……まぁそれにつ

いてはあえて今は言及しないでおこう。

「さて、そろそろちゃんと着替えて夕食にしようか。いつまでも脱ぎかけのままで風邪をひいたら大変だしね」

「はい……ご飯を食べたらお風呂《ふろ》に入りましょうね！　でも今日はその……別々でお願い出来ますか？」

「？　珍しいね。俺はてっきり〝今日こそ一緒に！　身体を洗いっこしましょう！〟って言うもんだと思ったんだけど……」

もし混浴を誘われたら喜んで乗るつもりだったんだけどな。とは口に出さずに楓さんの言葉を待っていると指をもじもじ、身体をくねくねさせながら、耳から首元まで真っ赤にしつつか細い声でこう言った。

「えっと……今日はいつも以上に入念にしっかりと身体を清めたいと言いますか……というかもしも一緒にお風呂に入ったらそれこそ我慢出来なくなりそうと言いますか……つまり何がいいたいかって言うとですね、初めては綺麗《きれい》な身体でベッドで抱いてほしいってことです」

「な、なるほど……そういうことなら残念だけど今日のお風呂は別々だね」

「はい……勇也君の背中を流してあげたいのは山々ですが今日ばかりは……ですがその分、

お母さんに教えてもらったテクニックを駆使してベッドでたくさんご奉仕するので許してください」

赤くなった頬、チラリと覗く胸元に上気した素肌、さらに潤んだ瞳の上目遣いという五連打をもろに浴び、さらに桜子《さくらこ》さん直伝のテクニックがどんなものかつい妄想してしまったことで俺の理性は弾《はじ》ける数歩手前まで逝《い》ってしまった。このまま話を続けるのは色んな意味でマズイな。

「そ、それじゃ楓さん。俺は夕飯の準備をしてくるからちゃんと一人で着替えるんだよ！　制服も脱ぎっぱなしにしたらダメだからね！」

「もう、脱ぎっぱなしにする癖はもう治りましたよ！　すぐにちゃんと着替えて行くので待っていてくださいね！」

楓さんの拗《す》ねた声を背中に聞きながら俺は逃げるように寝室を後にした。この調子で夜は大丈夫なのだろうか。

＊＊＊＊＊

それからおよそ三時間が経過して現在時刻は22時を過ぎたところ。俺は淡い暖色に明かりを調整した寝室で一人ベッドの上で正座をしていた。

楓さんはただいま入浴中。普段なら陽気な鼻歌が聞こえてきたり、〝本当に一緒に入らないんですかぁ？　私はいつでもウェルカムですよぉ？〟と誘ってきたりするのだが今日はシャワーの音が聞こえるだけで怖いくらいに静かだった。

ちなみに俺はすでに入浴と歯磨きまで終えて準備万端。枕元にもあれも用意したし、いつ部屋に楓さんが入って来ても大丈夫。だから鎮《しず》まれ、俺の心臓。

「ふぅ……落ち着け。焦《あせ》ってもいいことは何もないぞ、俺。こういう時は素数を数えるんだ……2、3、5、7、9、11、13――――」

「――――9は素数じゃありませんよ、勇也君」

目を閉じて精神統一中に不意に名前を呼ばれて目を開けると、パジャマ姿の楓さんがいつの間にか立っていた。

湯上がりで沸き立つ色香はいつも以上に甘くて耽美《たんび》。胸元のジッパーは締め切らずあえて半ばで留めている為、下に着ているキャミソールと火照《ほて》った素肌、そして双丘が見え隠れしていて目のやり場に困る。だからと言って視線を下に向ければ、ショートパンツから覗く新雪のように穢《けが》れのない美脚が飛び込んでくる。

「フフッ。そんなに顔を赤くしてどうしたんですか、勇也君？　もしかして緊張しているんですか？」

「き、緊張なんてしてないよ⁉　楓さんの気のせいじゃないかな？　俺は至って正常だよ⁉」

「本当ですかぁ？　そのわりには素数も間違えていましたし、私の身体を舐《な》め回すようにじっと見つめていたような……？　もしかして、我慢出来ないんですか？」

「そ、そんなことはないよ⁉　お風呂上がりの楓さんはいつ見ても色気があって素敵だなあとか、これからいよいよ大人の階段を登るのかって考えたら期待と不安で頭の中がぐちゃぐちゃになって……ってナシ！　今のナシ！」

何を言っているんだ、俺は。この一年近く、楓さんの誘惑を抗《あらが》い耐えてきた吉住《よしずみ》勇也は何処《どこ》に行ってしまったのか。これではまるで別人だ。

「ウフフッ。もう、勇也君は本当に考えていることが顔に出やすい素直な人ですね。そういうところも可愛《かわい》くて私は好きですよ」

蠱惑《こわく》的な笑みを浮かべながらゆっくりとベッドに近づき俺の隣に静かに腰を下ろしてしなだれかかってくる楓さん。しっとりと濡《ぬ》れた純黒の髪からふわりと香る爽やかな柑橘《かんきつ》が鼻腔《びこう》をつき、服越しに伝わる熱と俺を見つめる潤んだ瞳に心臓がドクンと跳ねる。
　嗅ぎ慣れた香り見慣れた表情。そのはずなのにどうしてこんなにも胸が昂るのだろう。どうして身体が燃えるくらい熱くなるのだろう。どうして俺の身体は震えて指一本動かせないのだろう。どうして――

「勇也君の心臓……ドクンドクンって震えています。もしかして緊張しているんですか？」

　しんと鎮まる空気の中、不意に俺の左胸にそっと手を添えながら蕩《とろ》けるような甘い声でいじわるな質問をしてくる楓さん。俺はそんな彼女の黒髪を優しく梳《す》きながら唇を尖《とが》らせる。

「緊張していないはずないだろう？　そういう楓さんはどうなの？」

「私ですか？　もちろんまったく、全然、これっぽちも、緊張していませんよ！　私がリードするので任せてください！　なんて言えたら良かったんですけど……心臓、触って確かめてくれますか？」

　そう言うと楓さんは俺の答えを待つことなく俺の手を取って自分の胸へと導いた。パジャマの上からでもはっきりとわかる豊満な果実の張りと弾力の感触に生唾《の》を呑み込みかけるが、その奥から伝わってくる鼓動の速さに我に返った。

「えへへ……わかりますか、勇也君？　実はお風呂に入っている時からずっとこんな感じなんです。散々勇也君をからかったり誘ったり、食べてくださいなんて言ってきたのにいざ本番になったら期待と不安でどうにかなっちゃいそうなんです」

　おかしいですよね、と今にも泣き出しそうな苦笑いを浮かべて楓さんは言う。そんな彼女の言葉を否定するように俺は何も言わずに優しく抱きしめてあやすように頭を撫《な》でる。

「えへへ……勇也君の心臓の音を聞いていると落ち着きます。それとすごく温かくて気持ちいいです」

「俺も……楓さんのことを抱きしめているだけですごく幸せだよ」

　いつものようにこのまま布団《ふとん》の中に入って夢の中へ行きたいくらいだ。だけど今日はそういうわけにはいかないし、楓さんにもその気はない。その証拠に楓さんは俺の首に腕を回して顔を近づけ、耳元で甘く囁《ささや》いた。

「ねぇ、勇也君。抱きしめるだけで終わり、じゃないですよね？」

　たわわな双丘をむにゅっと押し付けてくる楓さん。スイッチが入ったのかその表情に憂いはなく、底なしの快楽を施す淫魔のような蠱惑的な笑みを浮かべていた。

「もちろん……今日はそのつもりだよ」

「……ぁっ、んぅ……ゆうやくん」

楓さんが何か言う前に俺は彼女にキスをした。

チュッ、チュッと小鳥が啄《ついば》むように互いの唇を啄み合うが、それだけでは満足できなくなった楓さんが口内に舌を潜り込ませて来る。くすぐったさを感じつつも舌の柔らかさと蜜のように甘い唾液と時折漏れる楓さんの嫣然《えんぜん》とした吐息に脳が痺《しび》れて徐々に思考が止まっていく。

「んぅ……っちゅ、ぁんっ……ちゅっ、ぁんっ、勇也君……」

貪るような乱暴に、それでいて慈《いつく》しむような慈愛に満ちた深い口づけ。卑猥《ひわい》な水音と俺達の荒い息が静寂な寝室に響き渡る。

興奮で暴れ狂った心臓が全身に血液を巡らせて俺の体温は加速度的に上昇していく。だがそれは楓さんも同様で、

「はぁ……はぁ……んぅ、ちゅっ……勇也君……服、脱がせてくれませんか？」

一筋の透明な糸を口元に垂らしながら懇願してくる楓さん。その瞳は熱く潤み、雪のように穢れのない白い素肌は真っ赤に上気している。筆舌に尽くしがたい耽美な姿に俺は思わず息を忘れるほど見惚《みと》れてしまい、コクリと頷《うなず》いてからパジャマに手をかけた。

「……あっ」

ゆっくりとジッパーを降ろしてゆっくりと脱がすと、白地に色とりどりの花があしらわ

れた可愛くも優雅な、楓さんの魅惑の双乳を隠すには不釣り合いなキャミソールが現れた。

その生地はとても薄く、風呂上がりと情事で滲《にじ》んだ汗のせいで丘に実ったサクランボがうっすらと透けて見えた。

「見惚れてくれるのは嬉《うれ》しいですが……キャミソールもお願いできますか？」

「……は、はい」

口から心臓が飛び出そうになるのをぐっと堪えて、俺は楓さんのお願いを素直に実行していく。ただ俺の手はかつてないほど震えていた。手にかけているのは謂《い》わば最後の防壁。これを取れば楓さんの身体《からだ》を守る物はなくなる。そう考えると頭が沸騰しそうになる。

「フフッ。私ばかり脱ぐのは不公平なので勇也君も脱ぎましょうね。特別に私が脱がせてあげますね」

「お、お願いします……」

「あぁ……ダメですよ、勇也君。そんな可愛い顔をしないでください。私の中の狼《おおかみ》さんが目覚めて虐《いじ》めたくなっちゃうじゃないですか」

蠱惑的に微笑《ほほえ》みながら俺の服をはぎ取った楓さんが勢いそのままにキスの雨を降らしてきた。

しかも先ほどよりも積極的でより濃密に舌を絡《から》ませてくる。この不意打ちに俺が戸惑っている間に楓さんは自らキャミソールを脱ぎ捨て、月明かりが差し込む部屋に絵画に描かれる絶世の美女が如《ごと》き裸身を惜しげもなくさらけ出す。

「ぁんっ、ちゅっ……勇也君、私の胸……触っていいですよ？　ううん、たくさん触って、気持ち良くして？」

耳元で熱い吐息と共に囁かれた楓さんの言葉についに俺の理性が消滅する。

「あっ……はぁ、っん……」

手の平に収まりきらない豊饒《ほうじょう》のそれは極上の柔らかさを持ちながら適度な弾力を併せ持つ神の果実。ほんの少し指を動かすだけで楓さんの口から漏れる艶のある嬌声《きょうせい》が理性によって封じられていた狼を覚醒させていく。

「っはぁ、んっ……ぁぁんっ……！　勇也君の手、あぁんっ……すごく、気持ちいいです……」

「楓さん……」

声が震える。両手で円を描くように双丘を揉《も》みしだきながらつま先から燃え滾《たぎ》るマグマのような情欲が下半身にせり上がってくる。

「っは、ぁんっ……はぁぁんっ……ゆ、勇也君、すごく苦しそうですね……もしかして、我慢出来なくなっちゃいましたか？」

「……言わせるな、馬鹿」

嫣然と微笑みながら楓さんは指を俺の胸にあてると、スゥとゆっくりとなぞるように這《は》わせていく。なんてことはない動作のはずなのに快楽を感じてしまうほど、今の俺の身体は彼女に飢えている。

「勇也君の……すごいことになっていますね」

「し、仕方ないだろう。大好きな人とこんなことをしたら誰だってこうなるよ」

あれよあれという間に全ての衣服をはぎ取られた俺は隆起したソレを見られるのが恥ずかしくて思わず楓さんに背を向けた。

そんな俺の滑稽な仕草にフフッと一つ笑みを零《こぼ》してから、

「でも……我慢出来なくなっているのは私も同じなんですけどね」

そう言うと楓さんは身体を倒し、恥ずかしそうに自らショーツを脱いで生まれたままの姿になった。そして両手を広げて聖母のような愛に溢《あふ》れた笑みを浮かべて、

「勇也君。私はあなたのことが好きです。世界中の誰よりも。一葉《ひとつば》楓は吉住勇也を愛しています」

頰に一筋の涙を流しながら彼女の口から発せられた言葉は、星空の下で初めて俺が楓さんに想《おも》いを伝えたのと同じものだった。

「……キテください、勇也君。あなたの全てを私にください。その代わり、私の全てをあなたにあげます」

「俺も……俺も、楓さんのことを愛してるよ。この先何があっても、あなたのことだけを――」

ゆっくりと身体を傾け、俺は一葉楓という最愛の女神の下へと身を寄せる。

甘く、温かく、身も心も一つになれる慈愛と色欲に溢れた幸福の大海原に、吉住勇也を一葉楓に余すことなく捧《ささ》げるのだった。

澄んだ空気の夜空に浮かぶ満天の星々に見守られながら俺と楓さんは聖なる一夜を共にする。

この幸福がずっと続いていきますように。

この日のことを俺達は生涯忘れない。そう思えるくらい幸せなひと時となった。

窓から差し込む朝日を浴びて、俺は目を覚ました。心地よい気だるさを感じながら、俺は一糸まとわぬ姿で腕の中ですやすやと寝息を立てている世界中の誰よりも愛《いと》しい人に目を向けた。

「んぅ……ゆうやくん……」

どんな夢を見ているのかわからないが、その中に俺が登場しているのは嬉しいことだ。

そっと頭を撫でながら、楓さんと一つになれた喜びを噛《か》み締める。

「好きだよ、楓さん」

そっと頬にキスをしてもう一度抱きしめると子猫のような瞳がゆっくりと開いた。どうやら起こしてしまったようだ。

「……勇也君、私も大好きです」

スリスリと自分の匂いをこすりつけるように胸板に頬ずりしてくる楓さん。いや、昨日さんざんマーキングしたでしょうに。

「勇也君のご主人様は私だってことを示す為にも大事なことなんです。変な虫さんがくっついたら大変です。勇也君にくっついていいのは私だけだもん！」

それはもちろんそうだけどさ。俺だって楓さん以外にくっつかれたくないし、なんなら楓さんに変な虫がついたら俺は間違いなく理性を失うな。

「フフッ。独占欲が強いのはお互い様ですね」

「……間違いない」

抱き合って、他愛のない話をして過ごす朝の時間はとても穏やかで幸せだ。このままひと眠りしたいくらい。

「それにしても。昨夜の勇也君は凄《すご》かったです。まさに狼さんでした。私、隅から隅まで食べられちゃいました」

「……それこそお互い様じゃないか？」

昨夜の楓さんは子猫から雌豹《めひょう》に進化してとんでもなく可愛《かわい》かったし、同時にサキュバスが現実に存在したらそれはきっとベッドの上で楓さんのことだと言えるくらい妖艶《ようえん》で美しかった。とにかくヤバイ。理性と一緒に語彙力も吹き飛ぶくらいヤバイ。

「ところで勇也君はどんな姿勢が好きですか？　私はやっぱり密着出来てキスも出来る対面Z――――」

いつものように暴走する楓さんを鎮《しず》める為に頭に手刀を落とす代わりに、キスをして唇をふさぐ。一瞬驚いたようだがすぐに蕩《とろ》けるような甘くて濃厚に舌を絡めてくる。

「んっ……はぁ……もう、いきなりなんてずるいです。それにこんなキスをされたら……スイッチ入っちゃいました」

ペロリと唇をなめる楓さんの瞳に妖しい光が灯《とも》り、すぅと白魚のような指で俺の身体をなぞっていく。いけない、せっかく封印したのに楓さんがまたサキュバスになってしまう！

「勇也君がいけないんです。私をその気にさせるから……昨日の続き、しちゃいますか？」

「うん、って言いたいところではあるけど続きは帰って来てからにしようか。まさか今日が何の日か忘れたわけじゃないよね？」

「……もちろん、忘れていませんよ？　今日は秋穂ちゃん主催の送別会ですよね！　まぁ私達は昨日の夜に大事なものと送別しちゃいましたけど！」

「よし、少し黙ろうか。朝からそういう発言をするんじゃありません」

テヘッと舌を出しておどける楓さんの頭にコツンと手刀を落とす。ただ昨晩の情事を思い出すと今まではただの可愛らしい仕草が色っぽくも見えてしまうので困ったものだ。

「ほら、そろそろ起きて準備するよ。送別会の主賓が遅刻したら大槻《おおつき》さんに何を言われるかわからないよ？」

楓さんの海外出立までそんなに日はないが、大槻さんがどうしてもやりたいと半ば駄々をこねる形で今日の送別会が企画された。

待ち合わせの時間まで猶予はあるが、のんびり昨夜の情事を再開しようものなら遅刻すること間違いなしだ。

「あぅ……ちゃんと起きるのでおいて行かないでください、勇也君！　あと時間がないので一緒にシャワー浴びましょう！　朝から背中流しっこです！」

「……さては楓さん、全然反省してないな？　というかまずは服を着てくれますかね？」

布団を跳ね上げながら立ち上がった楓さんの一糸まとわぬ姿に様々な感情を込めたため息を吐《つ》く。

「あれれぇ？　どうしたんですか、勇也君？　顔が赤いですよぉ？　もしかして見惚《みと》れちゃったんですか？」

意地の悪い小悪魔のように挑発してくる楓さん。ここで下手な反応をしたらさらに調子に乗るのは火を見るよりも明らかな上に遅刻が決定的なものになる。なので俺は心を鬼にして何も聞こえないふりをして寝室の扉に手をかける。

「ちょ、どこに行くんですか勇也君⁉　調子に乗ったことは謝るので行かないでくださいよぉ！」

涙交じりの楓さんの叫びを背中で浴びながら部屋を出て俺は浴室へと向かう。ドタバトと騒がしい物音に思わず苦笑いが零れる。

この愛しい喧噪《けんそう》な日々ともうすぐお別れ。多少の寂しさはあれど孤独への不安はもうなくなっていた。

エピローグ

「あれからもう四年か……」

時は巡り。俺は一人家の中で最愛の人の帰りを待っていた。

卒業式の時にメアリーさんに撮ってもらった一枚が収められた写真立てを手に取る。今となっては懐《なつ》かしいみんなの制服姿に思わず笑みが零れる。

楓《かえで》さんの海外留学を見送ってから四年が過ぎた。けれど楓さんが出立する日、空港で見送った時のことは昨日のことのように覚えている。

『うぅ……せっかく楓ねぇと再会できたと思ったのに……また離れ離れになるなんて酷《ひど》いです！　楓ねぇなんて大嫌いです！　うそ、大好きです！』

これが今生の別れになるわけでもないのに大粒の涙を流して情緒不安定になる結《ゆい》ちゃん。

そんな彼女を慰めるのは少し髪を伸ばした元明和台《めいわだい》の王子様。

『もう、いつまでも泣かないの。楓の旅立ちを笑顔で見送るってみんなで約束したでしょう?』

楓さんと二階堂《にかいどう》は体育館での死闘を経て名前で呼び合うようになり、親友のような関係になっていた。そのあまりの仲睦《むつ》まじさは〝明和台高校のロミオとジュリエット〟なんてあだ名がつくほどだった。

『哀《あい》ちゃんの言う通りだよ、結ちゃん。それに寂しいのはみんな一緒なんだし、なによりこれが一生の別れになるわけじゃないんだから……泣いたらダメだよぉ!』

『そういう大槻《おおつき》先輩だってボロボロ泣いているじゃないですかぁ!』

『今日だけは頑張って笑わないとダメだよ、秋穂《あきほ》。それに一番寂しい思いをしているのは他でもない勇也《ゆうや》と一葉《ひとつば》さんなんだから』

結ちゃんに負けず劣らず涙を滂沱《ぼうだ》と流している大槻さん。三年という短くも長い時間を共に過ごした親友との別れは、いつも俺達に元気を与えてくれる太陽のような人でも寂しいもの。そんな彼女のそばには俺の親友が寄り添っている。

「秋穂ちゃん、哀ちゃん、結ちゃん、日暮《ひぐれ》君。わざわざお見送りに来てくれてありがとうございます。みんなと過ごした高校生活は私にとってかけがえのない宝物です。一生忘れません。離れ離れになりますけど時々帰って来るのでその時はまたいつものように遊びましょうね」

「うんっ！　遊ぶ！　絶対に連絡するからね、楓ねぇ！」

「私も！　海外の土産話、たくさん聞かせてね、楓ちゃん！」

もちろんです、と二人に笑顔で返す楓さん。二階堂と伸二《しんじ》はやれやれと呆《あき》れながら、しかし感化されたのか瞳には大粒の涙が浮かんでいた。

「そして最後に――勇也君、ちょっとこっちに来てくれますか？」

「ん？　どうしたの、楓さん？」

楓さんに手招きされたのでゆっくり彼女に近づくと、待っていましたと言わんばかりに両手を広げて思い切り抱きしめられた。

「大好きです、勇也君。必ず帰って来るので、待っていてくださいね」

「うん……大好きだよ、楓さん。気を付けて、いってらっしゃい」

背中に腕を回してギュッと抱きしめ返す。今日からしばらくこの温《ぬく》もりともしばしの別れになる。だから少しくらいこうすることを許してほしい。

「名残惜しいですが、そろそろ時間ですね。勇也君、私がいない間、くれぐれも体調を崩したりしないように気を付けてくださいね？　不摂生はダメですよ？」

「その言葉、そっくりそのまま返すよ。俺がいなくてもちゃんと朝起きるんだよ？」

「だ、大丈夫です！　勇也君がいなくてもちゃんと朝起きてみせますから！」

わたわたと慌てて否定する楓さん。途端に心配になるようなこと言わないでほしい。見慣れた俺達のやり取りにみんなも笑っている。釣られて俺と楓さんも笑う。そして——

「それじゃ勇也君、みんな——行ってきます！」

「「「「行ってらっしゃい‼」」」」


そんな笑いと涙に溢《あふ》れた別れから四年。大学を無事に卒業した楓さんがついに今日帰って来る。出発の時のようにみんなで出迎えようと提案したのだが叶《かな》わなかった。みんなに予定があったからではない。他でもない二階堂にこう言われたのだ。

『楓と吉住《よしずみ》の再会を邪魔するわけにはいかないでしょう？　今日は二人きりで、私達はその後』

この言葉にみんな賛成し——結ちゃんはほんのり頬を膨らませていたけど——帰国パーティーは後日行うことになったのだった。

「えっと……空港に着いたと連絡があったのが二時間くらい前だからそろそろこっちに着

く頃だよな?」

テーブルの上に料理を並べながら俺は時計を確認する。

楓さんと最後に会ったのは年始の時だからおよそ半年ぶり。そして今日からまた両親の借金を肩代わりする条件として始まった同棲《どうせい》生活が再開する。と言っても場所は高校生の時に住んでいた部屋ではないのだが。

あの豪奢《ごうしゃ》な家は一人で住むには広すぎる上にあれは桜子《さくらこ》さんと一宏《かずひろ》さんが楓さんの為《ため》に用意してくれたもの。だから俺は高校を卒業してしばらくしてから一人暮らし用のアパートへ引っ越した。

ちなみにそのアパートはかつて俺が住んでいた家を解体して建てられた所なので家賃はかからず。それどころか少なくない額の収入が毎月振り込まれて目を回したものだ。

まぁその家賃大半と一宏さんの下で四年間働いて得た給料はクソッタレな両親が一葉家に肩代わりをしてもらった借金の返済に充《あ》てた。ただそのおかげで返済は滞りなく進んでまもなく完済出来る。そうしたら改めて楓さんに――

ピンポ――ン。

そんなことを考えていたら来訪者を告げる鐘が鳴った。

新聞の集金にしては時間が遅い。宗教の勧誘は何度も撃退しているし、国営放送の料金は払っている。

ピンポ――ン　ピンポ――ン

二度、三度、繰り返すごとにチャイムの間隔が徐々に短くなっていく。あの時と同じだが、違うのはそれを心地いいと感じていること。

「はいはい、今出ますよ！　どちら様ですか？」

思わず笑みを零《こぼ》しながら俺は玄関の扉を開ける。そこに立っていたのは――

「こんばんは、勇也君。あなたのお嫁さんになりに来ました！」

夜空を思わす澄んだ黒髪のロングストレート。くりっとした愛らしさと曇りのない澄んだ真珠のような美しさを併せ持つ瞳。雑誌に出ているモデルと比較するのもおこがましい、まるで名画から飛び出して来た俺の最愛の女神がそこにいた。

「――お帰り、楓さん」

「ただいま、勇也君。あなたのお嫁さんになりに来ました！」

おわり

あとがき

皆さん、お久しぶりです。雨音恵《あまねめぐみ》です。

『両親の借金を肩代わりしてもらう条件は日本一可愛《かわい》い女子高生と一緒に暮らすことでした。』第五巻をお買い上げいただきありがとうございます。

時間の流れは恐ろしく速いですね。気が付けば四巻から一年の月日が経《た》ってしまいましたが、なんとか無事にかたかわ最終巻を刊行することができました。

話したいことはたくさんあるので、早速ですが謝辞に入らせていただきます。

担当Sさん。この二年間、大変お世話になりました。

「かたかわは最後までSさんと一緒にやりたい」と私のわがままを聞いてくださり本当にありがとうございました。右も左もわからず、慌ただしくそれでいて充実した最高の二年間でした。

御多忙の中最後までイラストを描いてくださったｋａｋａｏ先生。イラストを頂くたびに小躍りしていました。いつの日かまた一緒に仕事が出来たら嬉《うれ》しいです。

本書の出版に関わっていただいた多くの皆様にも感謝申し上げます。

そして読者の皆様。最後まで本作品を読んでくださり本当にありがとうございました。

出版不況が叫ばれる中、こうして完結まで書ききることが出来たのは他でもない皆様の応援のおかげです。感謝の言葉しかありません。美月《みつき》めいあ先生による漫画版かたかわは絶賛連載中なので、どうぞこちらもよろしくお願いいたします！

そしてこの場を借りて皆様にお知らせがあります。

『両親の借金を肩代わりしてもらう条件は日本一可愛い女子高生と一緒に暮らすことでした。５』と時を同じくして新作が刊行されました！

タイトルは『師匠に借金を押し付けられた俺、美人令嬢たちと魔術学園で無双します。』です！　そしてジャンルはファンタジー！

またしても借金を負う主人公、新作でも当然のようにあるヒロインのお風呂《ふろ》シーン。かたかわ読者もニッコリな内容もありつつ熱い展開もある一粒で二度（以上）美味《おい》しい作品になっていると思います。こちらの新作、是非ともよろしくお願いいたします！

それではまた皆様とお会いできることを切に願いつつ、この辺りで筆をおかせていただきます。

二年間、『両親の借金を肩代わりしてもらう条件は日本一可愛い女子高生と一緒に暮らすことでした。』を応援いただきありがとうございました。

雨音　恵

富士見ファンタジア文庫

両親《りょうしん》の借金《しゃっきん》を肩代《かたが》わりしてもらう条件《じょうけん》は日本一《にほんいち》可愛《かわい》い女子高生《じょしこうせい》と一緒《いっしょ》に暮《く》らすことでした。5

令和4年12月20日　初版発行

著者――雨音《あまね》　恵《めぐみ》

発行者――山下直久

発　行――株式会社KADOKAWA
〒102-8177
東京都千代田区富士見2-13-3
0570-002-301（ナビダイヤル）

印刷所――株式会社暁印刷

製本所――本間製本株式会社

ISBN978-4-04-074542-8 C0193 ◇◇◇

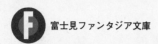